# Alice através do Espelho

Esta edição faz parte da coleção SÉRIE OURO,
conheça os títulos desta coleção.

A ARTE DA GUERRA
A ORIGEM DAS ESPÉCIES
ALICE NO PAÍS DAS MARAVILHAS
ALICE ATRAVÉS DO ESPELHO
CONFISSÕES DE SANTO AGOSTINHO
DOM QUIXOTE
MEDITAÇÕES
O DIÁRIO DE ANNE FRANK
O IDIOTA
O MORRO DOS VENTOS UIVANTES
O PEQUENO PRÍNCIPE
O PRÍNCIPE
ORGULHO E PRECONCEITO
OS IRMÃOS KARAMÁZOV
SOBRE A BREVIDADE DA VIDA
SOBRE A VIDA FELIZ & TRANQUILIDADE DA ALMA

Lewis Carroll

# Alice através do Espelho

TEXTO INTEGRAL
EDIÇÃO ESPECIAL DE 152 ANOS

Fundador: **Baptiste-Louis Garnier**



Título original: Alice Through the Looking Glass


1ª Impressão 2024

**Presidente:** Paulo Roberto Houch
MTB 0083982/SP

**Coordenação Editorial:** Priscilla Sipans
**Coordenação de Arte:** Rubens Martim
**Tradução e Preparação de Texto:** Fabio Kataoka
**Diagramação:** Rogério Pires
**Revisão:** Valéria Paixão

**Vendas:** Tel.: (11) 3393-7727 (comercial2@editoraonline.com.br)

Foi feito o depósito legal.
Impresso na China

Dados Internacionais de Catalogação na Publicação (CIP)
de acordo com ISBD

G236l Garnier Editora

Livro Alice Através do Espelho - Lewis Carroll - Edição Luxo / Garnier Editora. - Barueri : Garnier Editora, 2023.
160 p. ; 15,1cm x 23cm.

ISBN: 978-65-84956-37-7

1. Literatura infantojuvenil. 2. Literatura inglesa. I. Título.

2023-2710 CDD 028.5
CDU 82-93

Elaborado por Odilio Hilario Moreira Junior - CRB-8/9949

**IBC — Instituto Brasileiro de Cultura LTDA**
CNPJ 04.207.648/0001-94
Avenida Juruá, 762 — Alphaville Industrial
CEP. 06455-010 — Barueri/SP
www.editoraonline.com.br

# Sumário

# CAPÍTULO 1

## A CASA DO ESPELHO

Podemos afirmar que a gatinha branca nada tinha a ver com aquilo; a culpa fora toda da gatinha preta. Nos últimos vinte minutos a cara da gatinha branca estava recebendo um típico banho de língua da gata mãe (o que, apesar de tudo, ela estava suportando bem); como você vê, ela não poderia estar envolvida na travessura.

Era assim que Dinah limpava a cara dos filhotes: primeiro, erguia o pobre bichano pela orelha com uma pata; depois, com a outra, esfregava-lhe a cara toda ao contrário, começando pelo focinho; e, naquele momento, exatamente, como disse, ocupava-se com a gatinha branca, que se mantinha bem sossegada, apenas tentando ronronar — com certeza, sentindo que era para o seu bem.

No entanto, a limpeza da gatinha preta terminou mais cedo aquela tarde, e assim, enquanto Alice ajeitava-se num canto da poltrona grande, conversando consigo mesma entre cochilos, a gatinha brincava alegremente com a bola de lã que a criança tinha tentado enovelar. Jogando-a para cima e para baixo até desmanchá-la, deixando-a cheia de nós e emaranhados por todo o tapete, a gatinha corria e brincava, correndo também atrás do próprio rabo.

— Ora, ora, sua coisinha travessa! — exclamou Alice, pegando a Gatinha no colo e enchendo-a de beijinhos para fazê-la compreender que estava encrencada. — Sinceramente, a Dinah devia ter lhe edu-

JOHN TENNIEL

cado melhor! Você sabe disso, Dinah! — acrescentou, com um olhar de julgamento e no tom mais zangado de que era capaz... Em seguida, sentou-se novamente na poltrona, levando a gatinha e a lã consigo, e pôs-se a enrolar a lã de novo. Mas o trabalho não rendia muito, pois não parava de conversar consigo mesma ou com a gatinha que estava sentada recatadamente em seu joelho, fingindo acompanhar o progresso do enovelamento, e de vez em quando esticando uma pata e tocando o novelo delicadamente, tentando dizer que teria prazer em ajudar, se possível.

— Você sabe que dia é amanhã? — começou Alice. — Você adivinharia, se tivesse ficado na janela comigo... só que a Dinah estava te limpando, por isso você não pôde ficar. Fiquei olhando os meninos colherem gravetos para a fogueira — e precisava de muitos! Só que esfriou tanto, e nevava tanto, que eles tiveram de parar. Não faz mal, Gatinha, nós vamos ver a fogueira amanhã.

Nesse momento, Alice passou duas ou três voltas da lã em torno do pescoço da Gatinha, só para ver como ficaria: isso provocou uma balbúrdia, pois o novelo rolou para o chão e se desfez todinho de novo.

— Fiquei tão zangada, Gatinha – Alice continuou assim que estavam confortavelmente instaladas de novo —, quando vi toda a travessura que você aprontou, eu quis abrir a janela e jogá-la na neve! E teria sido merecido, minha linda traquinas! O que tem a dizer em sua defesa? E não me interrompa, agora! — continuou. — Vou lhe dizer tudo o que pode ser melhorado. Número um: reclamou duas vezes enquanto a Dinah estava limpando sua cara esta manhã. Ora, isso você não pode negar, Gatinha: eu ouvi! O que está dizendo? (fingindo que a gatinha estava falando). A pata dela entrou no seu olho? Bem, a culpa é sua, por ficar de olhos abertos: se os fechasse, isso não teria acontecido. Não, não me venha com outras desculpas, ouça! Número dois: você puxou a Gota de Neve pelo rabo bem na hora que eu tinha posto o pires de leite diante dela! Ah, você estava com sede, é? Como sabe que ela não estava com sede também? Agora, número três: você desenrolou a lã inteirinha enquanto eu estava distraída.

— São três faltas, Gatinha, e você não foi castigada por nenhuma delas. Sabe que estou acumulando todos os seus castigos para daqui a duas quartas-feiras... "Imagine se meus castigos tivessem sido acumulados!", continuou, mais para si mesma do que para a gatinha. "Qual seria o resultado no fim de um ano? Seria mandada para a prisão, acho, quando o dia chegasse. Ou... deixe-me ver... se cada castigo fosse ficar sem um jantar, então, quando o dia terrível chegasse, eu teria de ficar sem cinquenta jantares de uma vez! Bem, não me importaria tanto! Antes passar sem eles do que ter de jantar!

— Gatinha, você está ouvindo a neve contra a janela? Soa tão agradável e suave! É como se alguém estivesse beijando a janela toda do lado de fora. Será que a neve ama as árvores e os campos que beija tão docemente? Depois ela os agasalha, sabe, com um manto branco; e talvez diga: "Durmam, meus queridos, até o verão voltar". E quando eles despertam no verão, Gatinha, se vestem todos de verde, e dançam... onde quer que o vento sopre...

— Oh, isso é muito lindo! — exclamou Alice, soltando o novelo para bater palmas. — E eu gostaria tanto que fosse verdade! O que sei é que os bosques parecem sonolentos no outono, quando as folhas estão ficando castanhas.

— Sabe jogar xadrez, Gatinha? Não, não ria, é uma pergunta séria. Porque, quando estávamos jogando há pouco, você observava como se entendesse; e quando eu disse "Xeque!", você ronronou! Bem, foi um belo xeque, Gatinha, e eu realmente poderia ter vencido, se não tivesse sido por aquele desagradável rapaz, que estava ziguezagueando por entre as minhas peças. Gatinha linda, vamos fazer de conta que ...

E aqui eu gostaria de ser capaz de lhe contar a metade das coisas que Alice costumava dizer a partir da sua expressão favorita: "vamos fazer de conta". Ela tivera uma longa discussão com a irmã ainda na véspera, tudo porque começara com "Vamos fazer de conta que somos reis e rainhas"; e a irmã, que era muito correta, respondera que não era possível porque elas eram apenas duas pessoas, até que Alice se viu obrigada a dizer: "Bem, você pode ser só um deles, eu serei todos os outros". E certa vez, ela realmente assustou sua velha governanta, gritando no ouvido da senhora: "Vamos fazer de conta que eu sou uma hiena faminta e você é uma carcaça!"

Mas isto está nos desviando da fala de Alice para a gatinha:

— Vamos fazer de conta que você é a Rainha Vermelha! Sabe, acho que se você sentasse e cruzasse as patas, ficaria igualzinha a ela. Vamos, tente, minha fofura!

E Alice pegou a Rainha Vermelha da mesa e a pôs em frente à gatinha como um modelo. Porém a coisa não deu certo, pois Alice achava que a gatinha não cruzava as patas direito. Assim, para puni-la, a colocou em frente ao espelho, para que visse o quanto estava sendo descortês...

— E se não mudar essa cara já — acrescentou —, eu lhe faço atravessar para a Casa do Espelho. O que acharia disso?

— Bem, se você ficar só ouvindo, sem falar tanto, vou lhe contar todas as minhas ideias sobre a Casa do Espelho. Primeiro, há a sala que você pode ver através do espelho, só que as coisas estão invertidas. Posso ver a sala toda quando subo numa cadeira... exceto o cantinho atrás da lareira. Oh! Gostaria tanto de poder ver esse cantinho! Gostaria tanto de saber se eles mantêm a lareira acesa no inverno: a gente nunca pode saber, a menos que a nossa faça fumaça, e a fumaça chegue a essa sala... mas pode ser só fingimento, só para dar a impressão de que tem fogo. Agora, os livros são mais ou menos como os nossos, só que as palavras estão ao contrário; sei porque segurei um dos nossos livros diante do espelho e eles seguraram um na outra sala.

— O que você acharia de morar na Casa do Espelho, Gatinha? Será que lhe dariam leite lá? Talvez o leite do Espelho não seja gostoso... mas, oh, Gatinha! Agora chegamos ao corredor. Só se consegue

dar uma espiadinha nele, deixando a porta da nossa sala de estar escancarada: é muito parecido com o nosso corredor, pelo menos até a parte que conseguimos ver, as outras podem ser diferentes. Oh, Gatinha, como seria bom se pudéssemos atravessar e ir para Casa do Espelho! Tenho certeza de que lá há tantas coisas bonitas! Vamos fazer de conta que, de alguma forma, seja possível atravessar. Vamos fazer de conta que o espelho ficou todo macio, como algodão, para podermos atravessá-lo. Ora veja, ele está virando uma espécie de bruma agora, está sim! Vai ser bem fácil atravessar...

Estava de pé sobre o console da lareira enquanto falava, embora não tivesse a menor ideia de como fora parar ali. E sem dúvida o espelho estava começando a se desfazer lentamente, como se fosse uma névoa prateada e brilhante.

No instante seguinte Alice atravessou o espelho, indo parar na sala da Casa do Espelho. A primeira coisa que fez foi checar se havia fogo na lareira, ficando satisfeita quando viu um fogo de verdade.

“Assim vou ficar tão aquecida quanto estava lá na sala”, pensou; “ou mais aquecida, porque ninguém irá mandar eu me afastar do fogo, já que não há mais ninguém aqui. Oh, como vai ser engraçado quando me virem aqui, através do espelho, e não puderem me alcançar!”

Em seguida começou a olhar em volta e notou que o que podia ser visto da sala anterior era bastante ordinário e entediante, mas todo o resto era muito diferente. Por exemplo, os quadros na parede perto da lareira pareciam todos vivos, e o próprio relógio sobre a lareira (você sabe que só pode ver o fundo dele no espelho) tinha o rosto de um velhinho, que sorria para ela.

“Noto que esta sala não é tão arrumada como a outra”, Alice pensou, ao notar várias peças do jogo de xadrez caídas no chão e entre as cinzas; mas no instante seguinte, com um pequeno “Oh!” de sur-

presa, estava agachada observando as peças do xadrez que estavam andando, uma ao lado da outra!

— Aqui estão o Rei Vermelho e a Rainha Vermelha — disse Alice bem baixinho, com medo de assustá-los —, e ali estão o Rei Branco e a Rainha Branca, sentados na borda da pá da lareira... e aqui vão duas Torres, andando de braços dados... Acho que não podem me escutar — continuou, baixando mais a cabeça —, e tenho quase certeza de que não podem me ver. Alguma coisa me diz que estou invisível...

Nesse momento, Alice virou a cabeça ao ouvir algo na mesa atrás dela, bem a tempo de ver um dos Peões Brancos cair e começar a espernear. Observou-o, muito curiosa para saber o que iria acontecer em seguida.

— É a voz da minha filha! — exclamou a Rainha Branca passando pelo Rei com tanto ímpeto, que o derrubou entre as cinzas. — Minha preciosa Lily! Minha gata imperial! — e começou a escalar freneticamente uma das paredes que cercavam o fogo.

— Desatino imperial! — disse o Rei, esfregando o nariz machucado por causa da queda. Tinha direito a estar um tanto quanto aborrecido com a Rainha, pois estava coberto de cinzas da cabeça aos pés.

Alice ficou ansiosa e quis ajudar, quando a pobrezinha da Lily estava a ponto de ter um ataque de tanto berrar, passou a mão na Rainha rapidamente e a colocou sobre a mesa junto de sua escandalosa filhinha.

A Rainha se sentou, ofegante: a rápida viagem pelo ar lhe tirou o fôlego e, por alguns minutos, abraçou a pequena Lily em silêncio. Assim que se acalmou, gritou para o Rei Branco, que estava sentado entre as cinzas, mal-humorado:

— Cuidado com o vulcão!

— Que vulcão? — perguntou o Rei, olhando aflito para a lareira, já que aquele era o lugar mais provável para encontrar um.

— Ele... me... fez voar — disse a Rainha, que ainda estava um pouco sem ar. — Trate de subir... da maneira normal... não se deixe voar!

Alice observou o Rei Branco tentar se erguer e subir na mesa lentamente e de forma sofrida, até que finalmente disse:

— Ora, nesse ritmo você vai levar horas e horas para chegar em cima da mesa. Seria muito melhor eu ajudá-lo, não é?

Mas o Rei a ignorou por completo; estava perfeitamente claro que não a podia ouvi-la nem vê-la.

Diante disso, Alice o apanhou de forma delicada e o ergueu muito mais lentamente do que erguera a Rainha, tentando não lhe tirar o fôlego. Mas, antes de colocá-lo na mesa, pensou que não seria má ideia dar-lhe uns tapinhas para tirar as cinzas que o cobriam.

Mais tarde, reparou que nunca tinha visto uma cara como a que o Rei fez ao se ver erguido e espanado no ar por uma mão invisível. Ele ficou espantado demais para gritar, mas seus olhos e sua boca foram ficando cada vez maiores, e cada vez mais redondos, até que a mão de Alice tremeu de tanto rir, que quase o deixou cair.

— Oh! Por favor, não faça essas caretas, meu caro! — gritou, esquecendo por completo que o Rei não a podia ouvir. — Você me fez rir tanto que mal consigo segurá-lo! E não fique com a boca tão escancarada! As cinzas irão entrar e... pronto, agora acho que está

apresentável! — acrescentou, enquanto ajeitava seu cabelo e o punha sobre a mesa ao lado da Rainha.

O Rei tombou de costas imediatamente e assim ficou, absolutamente estático. Assustada, Alice saiu pela sala para ver se conseguia encontrar um pouco de água para borrifar nele. Mas não achou nada, a não ser um tinteiro, e quando chegou de volta com ele viu que o Rei estava se recuperando e conversando com a Rainha em sussurros aterrorizados... tão baixinho que Alice mal pôde ouvir o que falavam.

O Rei dizia:

— Eu lhe asseguro, minha cara, fiquei todo arrepiado!

Ao que a Rainha respondeu:

— É de se notar.

— O horror daquele momento — continuou o Rei —, eu jamais irei esquecer!

— Vai sim — a Rainha disse —, a menos que anote.

Alice ficou observando, atenta, o Rei tirar um enorme bloco de anotações do bolso e começar a escrever. A menina teve uma ideia e segurou a ponta do lápis, que estava apoiado sobre o ombro do Rei, e começou a escrever.

O pobre Rei pareceu confuso e infeliz, lutando com o lápis por algum tempo sem dizer nada; mas o lápis era pesado demais para ele, que finalmente disse, ofegante:

— Querida! Realmente preciso arranjar um lápis menor. Não estou tendo o menor controle sobre este; escrevo todo tipo de coisas que não pretendo...

— Que tipo de coisas? — perguntou a Rainha, dando uma espiada no bloco no qual Alice escrevera: "O Cavaleiro Branco está escorregando... não consegue manter o equilíbrio." — Isto não é uma anotação sobre os seus sentimentos! — exclamou a Rainha.

Havia um livro sobre a mesa, perto de Alice, e, enquanto observava o Rei Branco (pois ainda estava um pouco apreensiva com relação a ele e, caso voltasse a desmaiar, jogaria a tinta nele), folheou as páginas, encontrando um trecho que não conseguia ler. "É todo em alguma língua que não conheço", disse para si mesma.

Era assim o primeiro parágrafo:

*OIVÁRAGRAP*
*sovuot sosoicirbul so e,avarbmuloS*
*;setnedrev sa mavadnosrep sorigitrev mE*
*sovuoloiag so es-mavalac sonruticsirT*
*.setneif mavaliugirtse sodidrevrop so E*

Após pensar muito, por um tempo, lhe ocorreu uma ideia brilhante:

— Ora, este é um livro do Espelho, claro! E se eu o segurar diante de um espelho, as palavras vão aparecer todas na direção certa de novo.

Este foi o poema que Alice leu:

*PARGARÁVIO*
*Solumbrava, e os lubriciosos touvos*

*Em vertigiros persondavam as verdentes;*
*Trisciturnos calavam-se os gaiolouvos*
*E os porverdidos estriguilavam fientes.*

*"Cuidado, ó filho, com o Pargarávio prisco!*
*Os dentes que mordem, as garras que fincam!*
*Evita o pássaro Júbaro e foge qual corisco*
*Do frumioso Capturandam."*

*O moço pegou da sua espada vorpeira:*
*Por delongado tempo o feragonista buscou.*
*Repousou então à sombra da tuntumeira,*
*E em lúmbrios reflaneios mergulhou.*

*Assim, em turbulosos pensamentos quedava*
*Quando o Pargarávio, os olhos a raisluscar,*
*Veio flamiscuspindo por entre a mata brava.*
*E borbulhava ao chegar!*

*Um, dois! Um, dois! E inteira, até o punho,*
*A espada vorpeira foi por fim cravada!*
*Deixou-o lá morto e, em seu rocim catunho,*
*Tornou galorfante à morada.*

*"Mataste então o Pargarávio? Bravo!*
*Te estreito no peito, meu Resplendoroso!*
*Ó gloriandei! Hosana! Estás salvo!"*
*E na sua alegria ele riu, puro gozo.*

*Solumbrava, e os lubriciosos touvos*
*Em vertigiros persondavam as verdentes;*
*Trisciturnos calavam-se os gaiolouvos*
*E os porverdidos estriguilavam fientes.*

— Parece muito bonito — disse quando terminou —, mas é um pouco difícil de entender! (Nota-se que ela não queria confessar que não estava entendendo nada). Seja como for, estou me enchendo de ideias... só que não sei exatamente que ideias são. De todo modo, alguém matou alguma coisa: isto está claro, pelo menos...

"Nossa!", pensou Alice dando um pulo inesperado, "se não me apressar vou ter de atravessar o espelho de volta sem ter visto o resto da casa! Vou dar uma olhada no jardim primeiro." Saiu da sala como um raio e correu escada abaixo. Não era exatamente correr, mas sim descer as escadas de maneira rápida e fácil, como dizia para si mesma. Ela mantinha apenas as pontas dos dedos sobre o corrimão e descia flutuando suavemente, sem sequer roçar os pés nos degraus. Atravessou o pátio ainda flutuando, e teria saído porta afora do mesmo jeito, porém estava ficando um pouco tonta com tanta flutuação e diminuiu a velocidade, se sentindo satisfeita ao ser ver andando naturalmente.

# CAPÍTULO 2

## O JARDIM DAS FLORES VIVAS

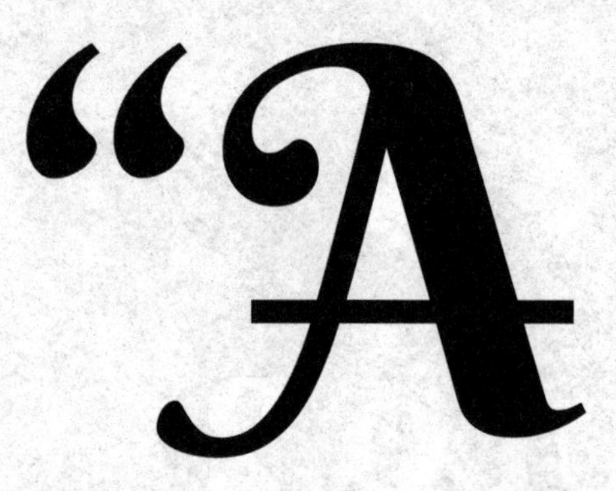

credito que enxergaria melhor o jardim", disse Alice para si mesma, "se pudesse chegar ao topo daquele morro; aqui tem uma trilha que vai direto até lá — pelo menos não, não tão direto —" (depois de seguir a trilha por alguns metros e dar várias voltas inesperadas), "mas suponho que, por fim, vou acabar chegando. É interessante como tem curvas! Parece mais um saca-rolha do que um caminho! Bem, esta volta vai dar no morro, acho… não vai! Vai dar direto na casa, de novo! Bem, vou tentar ir na direção contrária, só dessa vez."

Assim fez ela: ziguezagueando para cima e para baixo, e tentando, volta após volta, chegar ao topo do morro, mas sempre voltando para a casa, fizesse o que fizesse. Na verdade, certa vez, quando fez a curva mais rápido que de costume, não pôde evitar esbarrar na casa.

— Tudo isso é inútil — disse Alice ao olhar para a casa, fingindo estar discutindo com o imóvel. — Não vou entrar de novo. Sei que provavelmente eu deveria atravessar o espelho... de volta à sala... mas seria o fim de todas as minhas aventuras!

Desta forma, dando as costas para a casa com determinação, lá se foi mais uma vez pela trilha, decidida a avançar sem trégua até chegar

ao morro. Por alguns minutos tudo correu bem, mas , quando estava pensando: "desta vez realmente vou conseguir", a trilha mudou de direção de forma repentina, chacoalhou (segundo a descrição que fez mais tarde), e no instante seguinte ela se viu, de fato, entrando porta adentro:

— Oh, mas que falta de sorte. Nunca vi uma casa tão intrometida! Nunca!

No entanto, lá estava o morro, bem à vista. Não havia outra coisa a fazer senão começar de novo. Dessa vez topou com um grande canteiro, coberto de margaridas, e um salgueiro crescendo bem no meio.

— Oh, Lírio-tigre! — chamou Alice, dirigindo-se a um que dançava graciosamente ao vento. Gostaria que pudesse falar!

— Pois podemos — falou o Lírio-tigre —, quando há alguém com quem valha a pena conversar.

Alice ficou tão espantada que perdeu a voz por um minuto; o coração quase foi à boca. Por fim, como o Lírio-tigre apenas continuava a balançar ao vento, falou de novo, numa voz tímida... quase um sussurro:

— E todas as flores podem falar?

— Tão bem quanto você — respondeu o Lírio-tigre. — E tão alto quanto.

— Seria indelicado da nossa parte começar uma conversa, sabe — disse a Rosa —, e eu realmente estava me perguntando quando você falaria conosco! Disse a mim mesma: "O semblante dela me diz alguma coisa, embora não seja algo inteligente!". Apesar de tudo, você tem a cor certa, e isso já é gratificante.

— Pouco me importa a cor — disse o Lírio-tigre. — Se pelo menos as pétalas dela se enrolassem um pouco mais, tudo estaria melhor.

Incomodada com as críticas, Alice começou a fazer perguntas:

— Não sentem medo, mesmo que seja de vez em quando, de ficarem plantados aqui fora, sem ninguém para cuidar de vocês? Há uma árvore no meio — disse a Rosa. Para que mais ela serve?

— Mas o que ela faria se surgisse algum perigo? — perguntou Alice.

— Dar um berro! — gritou uma Margarida. — É por isso que os salgueiros são chamados chorões!

— Você não sabia disso? — perguntou outra Margarida, e então todas começaram a gritar ao mesmo tempo, até que o ar pareceu repleto de vozes estridentes.

— Silêncio, todas! — gritou o Lírio-tigre, balançando-se de um lado para outro, com estrondos de excitação. — Sabem que não posso alcançá-las! — disse entre arquejos, rebaixando a cabeça na direção de Alice. Ou não se atreveriam a fazer isso.

— Não faz mal! — falou Alice num tom apaziguador, se curvando para as margaridas, que estavam prestes a abrirem a boca novamente.

A menina então sussurrou:

— Se não calarem a boca, eu as colho!

O silêncio reinou; algumas das margaridas cor-de-rosa começaram a ficar brancas.

— Muito bem — falou o Lírio-tigre. — As margaridas são as piores. Quando uma fala logo as outras se animam, fazendo um alarido de deixar qualquer um surdo.

— Como é possível que todos vocês saibam falar tão bem? — elogiou Alice, na esperança de melhorar o humor do Lírio-tigre. — Estive em muitos jardins antes, e nunca ouvi a voz de uma flor.

— Ponha a mão na terra e sinta — disse o Lírio-tigre. — Assim saberá por quê.

Alice obedeceu:

— É bem dura — observou —, mas não entendi o que uma coisa tem a ver com a outra.

— Na maioria dos jardins — explicou o Lírio-tigre —, fazem os canteiros muito aconchegantes e bonitinhos... por isso as flores estão sempre dormindo.

Alice se alegrou, parecia uma excelente razão:

— Nunca pensei nisso antes! — disse.

— Na minha opinião, você nunca pensa em coisa alguma — disse a Rosa em um tom grosseiro.

— Nunca vi ninguém soar tão boçal — comentou uma Violeta, o que fez Alice dar um pulo, pois ela não tinha falado até então.

— Dobre sua língua! — exclamou o Lírio-tigre. Como se você já tivesse visto alguém. Fica só roncando com a cabeça sob as folhas, sabe tanto do mundo quanto um botão!

— Há mais pessoas aqui no jardim, além de mim? — Alice perguntou, preferindo ignorar a última observação da Rosa.

— Há uma outra flor no jardim que é capaz de andar, como você — disse a Rosa. — Questiono-me como fazem isso...

— Você está sempre se espantando — interrompeu o Lírio-tigre —, mas ela é mais folhuda que você.

— É parecida comigo? — Alice perguntou ansiosa, criando ideias em sua cabeça: — Há uma outra menininha perambulando pelo jardim!

— Bem, é desajeitada como você — a Rosa disse —, mas é mais avermelhada... e tem as pétalas menores, acho.

— Tem as pétalas mais próximas, quase como uma dália — o Lírio-tigre interrompeu —; não tão soltas e caidinhas, como as suas.

— Mas isso não é culpa sua — a Rosa acrescentou delicadamente. — Você está começando a murchar... é difícil manter as pétalas todas alinhadas.

Alice não gostou dessa ideia; resolveu mudar de assunto e perguntou:

— Ela vem aqui de vez em quando?

— Provavelmente a verá em breve — disse a Rosa. — É do tipo que tem nove espinhos.

— Onde ela usou os espinhos? — Alice perguntou, curiosa.

— Ora, em volta da cabeça, é claro — respondeu a Rosa. — Estava me perguntando se você não tem alguns também. Pensei que fosse a norma geral.

— Lá vem ela! — gritou a Esporinha. — Estou ouvindo seus passos, chump, chump, chump, no cascalho!

Alice olhou em volta, aflita, e viu que era a Rainha Vermelha.

— Como ela cresceu! — foi sua primeira observação. De fato: quando Alice a encontrara entre as cinzas, tinha só sete centímetros de altura... e agora estava meia cabeça mais alta do que ela própria!

— É o ar fresco — disse a Rosa —, temos um ar espetacularmente puro aqui.

— Acho que vou cumprimentá-la — disse Alice, pois, embora as flores fossem bastante interessantes, sentiu que seria muito mais emocionante conversar com uma rainha de verdade.

— Isso você não vai conseguir — disse a Rosa. — Acho melhor manter distância.

Alice achou um absurdo e ignorou completamente a observação da Rosa, resolvendo ir imediatamente em direção à Rainha Vermelha. Para sua surpresa, num instante a perdeu de vista e se viu entrando pela porta da frente de novo. Um tanto irritada, a menina recuou e, depois de olhar para todos os lados à procura da Rainha (que finalmente avistou, bem longe dali), pensou que daquela vez podia tentar a estratégia de caminhar pela trilha na direção oposta.

Sucesso total. Não andara nem um minuto quando se viu cara a cara com a Rainha Vermelha e com o morro tão desejado à sua vista.

— De onde vem? — perguntou a Rainha Vermelha para Alice. — E para onde vai? Levante os olhos, fale direito e não fique girando os dedos sem parar.

Alice obedeceu e explicou, o melhor que pôde, que perdera seu caminho.

— Não sei o que você quer dizer com "seu caminho" — disse a Rainha —; todos os caminhos aqui pertencem a mim e... afinal, por que veio até aqui? — acrescentou num tom mais simpático. — Enquanto pensa no que dizer, faça reverências, economiza tempo.

Alice ficou um tanto surpresa, mas estava fascinada demais pela Rainha para duvidar dela. — Vou tentar quando voltar para casa — pensou —, da próxima vez que me atrasar para o jantar.

— Já está mais que na hora de você responder — disse a Rainha, olhando seu relógio —; abra um pouco mais a boca quando fala, e diga sempre "Vossa Majestade".

— Só queria ver como era o jardim, Vossa Majestade...

— Está bem — disse a Rainha, dando-lhe tapinhas na cabeça, o que desagradou Alice —, se bem que, quando você diz "jardim"... já vi jardins que fariam este parecer um bosque desajeitado.

Alice não se atreveu a contestar e continuou:

— E pensei em tentar chegar até o alto daquele morro...

— Quando você diz "morro" — interrompeu a Rainha —, eu poderia lhe mostrar morros que a fariam chamar esse de vale.

— Mas isso não é possível — disse Alice, surpresa por finalmente tê-la contestado: — um morro não pode ser um vale. Isso seria um absurdo...

A Rainha Vermelha sacudiu a cabeça.

— Pode chamar de "absurdo" se quiser — disse —, mas já ouvi absurdos que fariam este parecer tão sensato quanto um dicionário!

Alice fez mais uma reverência, pois temia que a Rainha estivesse ofendida. E as duas saíram andando em silêncio até chegarem ao topo do pequeno morro.

Por alguns minutos Alice ficou calada, observando a região em todas as direções... e que região curiosa era aquela. Havia uma quantidade de pequenos riachinhos atravessando o morro, e o terreno entre eles era dividido por uma porção de pequenas cercas verdes, que iam de riacho a riacho.

— Veja só! Está demarcado exatamente como um grande tabuleiro de xadrez! — falou Alice, por fim. — Deve haver algumas peças se movendo em algum lugar... ah, lá estão! — acrescentou, maravilhada com o coração palpitando de entusiasmo. — É uma partida de xadrez fabulosa que está sendo jogada... no mundo todo... se é que isso é o mundo. Ah, como é divertido! Como eu gostaria de ser um deles. Não me importaria de ser um Peão, contanto que pudesse participar... se bem que, é claro, preferiria ser uma Rainha.

Ao dizer isso, olhou de canto, um tanto acanhada, para a verdadeira Rainha, mas sua companheira apenas sorriu amavelmente e disse:

— É fácil arranjar isso. Você pode ser o Peão da Rainha Branca, se quiser, pois Lily é muito novinha para jogar; você está na Segunda Casa; quando chegar à Oitava Casa, será uma Rainha...

— Exatamente nesse instante, sabe-se lá como, as duas começaram a correr.

Em suas reflexões, Alice não entendia ao certo como tinham começado: tudo que lembrava é que estavam correndo de mãos dadas, mal acompanhava o ritmo da Rainha, que estava correndo rapidamente. Mesmo assim, a Rainha não parava de gritar “Mais rápido! Mais rápido!”, mas Alice sentia que não podia ir mais rápido, embora lhe faltasse fôlego para dizer isso.

O mais curioso nisso tudo era que as árvores e tudo ao redor delas nunca mudavam de lugar: por mais depressa que ela e a Rainha corressem, não pareciam ultrapassar nada. "Será que todas as coisas estão se movendo conosco?", pensou, um tanto perplexa, a pobre Alice. E a Rainha pareceu ler seus pensamentos, pois gritou:

— Mais rápido! Não tente falar!

Não que Alice tivesse a menor intenção de abrir a boca. Tinha a impressão de que nunca conseguiria falar de novo, cada vez mais sem fôlego; mesmo assim, a Rainha gritava "Mais rápido! Mais rápido!" e a arrastava consigo. "Estamos chegando?". Alice conseguiu arquear, finalmente.

— Quase lá! — a Rainha repetiu. — Ora, passamos por lá dez minutos atrás! Mais rápido! E correram em silêncio por algum tempo, o vento assobiando nos ouvidos de Alice e, ela imaginando seus cabelos se desgrudando e voando livremente ao ar.

— Vamos! Vamos! — gritou a Rainha. — Mais rápido! Mais rápido!

E correram tão depressa que por fim pareciam deslizar pelo ar, mal tangendo o chão com os pés, até que de repente, bem quando Alice estava ficando completamente exausta, pararam, e ela se viu sentada no chão, esbaforida e tonta.

A Rainha a encostou contra uma árvore e disse gentilmente:

— Pode descansar um pouco agora.

Alice olhou ao seu redor muito surpresa:

— Ora, eu diria que ficamos sob esta árvore o tempo todo! Tudo está exatamente igual!

— Claro que está — disse a Rainha. — Esperava outra coisa?

— Bem, de onde venho — disse Alice, ainda arfando um pouco —, geralmente você chegaria a algum outro lugar... se corresse muito rápido por um longo tempo, como fizemos.

— Que lugar mais indolente! — comentou a Rainha. — Pois aqui, como vê, você tem de correr o máximo que conseguir para continuar no mesmo lugar. Se quiser ir para outro lugar, tem de correr no mínimo duas vezes mais rápido!

— Prefiro não tentar, por favor! — suplicou Alice. — Estou muito satisfeita de estar aqui... só estou com muito calor e muita sede!

— Sei do que você gostaria! — disse a Rainha delicadamente, tirando uma caixinha do bolso. — Aceita um biscoito?

Alice achou que seria falta de educação negar, embora aquilo não chegasse perto do que queria. Pegou o biscoito e se esforçou para comê-lo: era sequíssimo, e pensou que nunca esteve tão engasgada em toda a sua vida.

— Enquanto você se revigora — disse a Rainha —, vou tirando as medidas. E sacou uma fita métrica do bolso e pôs-se a medir o terreno e a fincar pequenas estacas ao longo do percurso.

— Ao fim de dois metros — disse, cravando uma estaca para marcar a distância —, eu lhe darei suas instruções... aceita mais um biscoito?

— Não, obrigada — recusou Alice —; um só já me satisfez!

— Matou a sede, espero — disse a Rainha.

Alice não soube o que responder, mas felizmente a Rainha não esperou resposta, continuando:

— Ao fim de três metros vou repeti-las... para o caso de você as ter esquecido. Ao fim de quatro, vou dizer adeus. E ao fim de cinco, vou-me embora!

A essa altura, todas as estacas tinham sido fincadas; Alice a olhou curiosa enquanto ela voltava para a árvore e em seguida começava a caminhar lentamente ao longo das marcações.

Junto à estaca de dois metros, a Rainha se virou e disse:

— Um Peão avança duas casas em seu primeiro movimento, como você sabe. Assim, você vai avançar muito rápido para a Terceira Casa... de trem, eu acho... e num instante vai se ver na Quarta Casa. Bem, essa casa pertence a Tweedledum e Tweedledee... a Quinta é quase só água... a Sexta pertence a Humpty Dumpty... algum comentário?

— Eu... eu não sabia que deveria comentar... bem nesse ponto — Alice gaguejou.

— Devia ter dito — prosseguiu a Rainha em tom de julgamento —, a Sétima Casa é toda no bosque... contudo, um dos Cavaleiros lhe mostrará o caminho... e na Oitava Casa, nós, as Rainhas, estaremos juntas; é muito divertido!" Alice se levantou, fez uma reverência e voltou a se sentar.

Na estaca seguinte a Rainha se virou e, desta vez, disse:

— Fale em francês caso esqueça como se diz a palavra em nosso idioma... ande com as pontas dos pés para fora... e lembre-se de quem você é.

Não esperou que Alice fizesse uma reverência dessa vez, caminhando rápido para a outra estaca, onde se virou por um instante para dizer "Adeus" e correu para a seguinte.

Como aquilo aconteceu, Alice nunca soube, mas exatamente ao chegar à última estaca, a Rainha desapareceu. Desapareceu, correndo velozmente para o bosque ("e ela é capaz de correr muito rápido!", pensou Alice), não havia como saber, e Alice começou a se lembrar de que era um Peão e de que logo seria a hora de jogar.

# CAPÍTULO 3

## INSETOS DO ESPELHO

Obviamente, a primeira coisa a fazer era uma observação detalhada da região que iria percorrer. "É como estudar geografia", pensou Alice, erguendo-se nas pontas dos pés na esperança de conseguir ver um pouco mais longe.

— Rios principais... não vejo nenhum. Montanhas principais... estou em cima da única que tem por aqui, mas não me parece que tenha um nome. Cidades principais... ora, o que são aquelas criaturas fazendo mel ali? Não parecem ser abelhas... quem já enxergou abelhas a um quilômetro de distância?"

Ficou em silêncio por um tempo, observando uma delas se movimentando entre as flores, colhendo o pólen. "Como uma abelha comum", pensou Alice.

Entretanto, o bichinho certamente não era uma abelha comum: na verdade era um elefante, Alice não demorou a descobrir, mesmo que de início a ideia a tenha tirado o fôlego: "Essas flores devem ser gigantes!", pensou logo em seguida.

— Como se fossem cabanas sem teto e com hastes... e que quantidade de mel devem produzir! Acho que vou até lá e... não, ainda não — continuou contendo-se, e começou a descer morro abaixo, tentan-

do arranjar alguma desculpa para ficar tão precavida de repente. — Não vai adiantar nada descer até eles sem um galho para cutucá-los... e como vai ser engraçado quando me perguntarem se gostei do meu passeio. Vou dizer: "Ah, bastante..." (sacudindo a cabeça), "só que estava tão quente e poeirento, e os elefantes incomodavam tanto!"

— Acho que vou descer pelo outro lado — disse após uma pausa —; e talvez possa visitar os elefantes mais tarde. Além disso, quero tanto chegar à Terceira Casa!

Com essa desculpa, desceu o morro correndo e saltou por sobre o primeiro dos seis riachinhos.

— Passagens, por favor! — disse o Guarda, enfiando a cabeça pela janela. Num instante, todos estavam empunhando passagens: o vagão era da altura das pessoas e parecia estar cheio.

— Vamos! Mostre sua passagem, criança! — prosseguiu o Guarda, com um olhar zangado. E uma porção de vozes exclamou ao mesmo tempo ("como o refrão de uma canção", pensou Alice):

— Não o deixe esperar, criança! Ora, o tempo dele vale mil libras por minuto!

— Sinto muito, mas não tenho passagem — Alice disse, amedrontada —; não havia guichê lá de onde vim.

E o coro de vozes recomeçou:

— Não havia lugar para uma pessoa lá de onde ela veio. A terra lá vale mil libras o centímetro!

— Não me venha com desculpas — disse o Guarda —; devia ter comprado uma do maquinista.

E de novo o coro elevou sua voz:

— Com o maquinista. Ora, só a fumaça vale mil libras a baforada!

Alice pensou consigo: "Se é assim, não adianta falar nada." Dessa vez não se ouviu as vozes, já que estas se mantiveram em silêncio, mas, para sua grande surpresa, todas pensaram em coro (espero que você entenda o que significa pensar em coro... porque devo confessar que eu não entendo): "Melhor não dizer nada. A fala vale mil libras a palavra!"

"Vou sonhar com mil libras esta noite, tenho certeza!", pensou Alice.

Durante todo esse tempo o Guarda a observava, primeiro através de um telescópio, depois com um microscópio e depois com um binóculo, então disse:

— Você está na direção errada.

O guarda fechou a janela e foi embora.

— Uma criança tão pequena — disse o cavalheiro sentado diante dela (a roupa dele era feita de papel branco) —, deveria saber para onde está indo, mesmo que não saiba o próprio nome!

Uma cabra, que estava sentada junto ao cavalheiro de branco, fechou os olhos e gritou:

— Ela devia saber como chegar ao guichê, mesmo que não saiba o bê-á-bá.

Havia um besouro sentado perto da cabra (nota-se que os passageiros eram muito esquisitos) e, como a regra era falar sem muitas delongas, ele continuou com:

— Ela vai ter de ser despachada, como bagagem.

Alice não conseguia ver quem estava sentado na frente do besouro, mas em seguida uma voz rouca surgiu, num tom grosseiro:

— Trocar de locomotivas... E, nesse ponto, engasgou e foi obrigado a parar.

— Parece que é um cavalo — Alice pensou. E um fiozinho de voz disse, perto do seu ouvido:

— Você poderia fazer uma piada sobre isso... algo sobre "cavalo" e "cavalice", não é?

Depois uma voz muito meiga disse à distância:

— Será preciso lhe pregar uma etiqueta: "Mocinha. Cuidado, é frágil".

Em seguida, outras vozes se fizeram ouvir ("Quanta gente neste vagão!", pensou Alice), dizendo:

— Deve ir pelo correio, pois está selada...

— Deve ser enviada como uma mensagem pelo telégrafo...

— Deve puxar o trem ela própria pelo resto da viagem...

E assim por diante.

Mas o cavalheiro vestido de papel branco curvou-se e lhe sussurrou no ouvido:

— Ignore-os, minha cara, mas compre uma passagem de volta cada vez que o trem parar.

— De jeito nenhum! — disse Alice, um tanto impaciente. — Nem sei o que estou fazendo nesta viagem de trem... agora mesmo estava num bosque... e gostaria de poder voltar para lá!

— Você poderia fazer uma piada com isso — disse a vozinha ao pé do seu ouvido —; algo como "querias mas não podias", não é?

— Pare de caçoar assim — disse Alice, olhando ao redor, sem conseguir descobrir de onde vinha a voz —; se está tão aflito por uma piada, por que você mesmo não faz uma?

A vozinha deu um suspiro profundo. Estava muito infeliz, evidentemente, e Alice lhe teria dito uma palavra de consolo, "se pelo menos suspirasse como as outras pessoas!", ela pensou. Mas aquele suspiro foi tão baixinho que nem o teria escutado se não tivesse sido dado bem próximo do seu ouvido. Consequentemente sentiu cócegas no ouvido, então a criatura inoportuna desapareceu da sua cabeça.

— Sei que você é uma amiga — a vozinha continuou —, uma amiga querida e uma velha amiga. E você não vai me ferir, embora eu seja um inseto.

— Que tipo de inseto? — Alice indagou um pouco apreensiva. O que realmente queria saber era se picava ou não, mas lhe pareceu que essa não seria uma boa pergunta.

— Ora, então você não... — começou a vozinha, quando foi interrompida por um apito estridente da locomotiva, e todos deram um pulo de susto, inclusive Alice.

O Cavalo, que tinha posto a cabeça para fora da janela, recolheu-a calmamente e disse:

— É só um riacho que temos de saltar.

Todos aceitaram a explicação tranquilamente, embora Alice tenha se sentido um pouco nervosa com a ideia de um trem saltando.

"De todo modo, ele nos levará para a Quarta Casa, o que já é um consolo!", pensou. Logo depois sentiu que o vagão estava subindo pelos ares e, apavorada, agarrou o que estava mais perto da sua mão, que calhou ser a barba da cabra.

Mas a barba pareceu sumir quando ela a tocou, e Alice se viu sentada sob uma árvore, enquanto o Mosquito (pois esse era o inseto

que ressoava em seu ouvido) se balançava num ramo bem em cima da sua cabeça, batendo suas asinhas.

Era certamente um mosquito muito grande: "parecia ter o tamanho de uma galinha", Alice pensou. Mesmo assim, não poderia se estressar com ele, depois de conversarem no trem por tanto tempo.

— Então não gosta de todos os insetos? — continuou o mosquito, sereno, como se nada tivesse acontecido.

— Gosto deles quando sabem falar — disse Alice. — Lá de onde eu venho, nenhum deles jamais falou.

— Que tipo de inseto lhe agrada mais, lá de onde você vem? — o mosquito indagou.

— Nenhum — Alice explicou —, porque tenho medo deles... pelo menos dos grandes. Mas posso lhe dizer os nomes de alguns.

— Claro que eles atendem pelo nome, não é? — o mosquito comentou sem refletir. — Nunca soube que o fizessem.

— De que serve terem nomes — disse o mosquito —, se não atendem por eles?

— Não serve de nada para eles — disse Alice —, mas é útil para quem deu os nomes, suponho. Senão, para que afinal as coisas têm nome?

— Aí já não sei — respondeu o mosquito. — Lá longe, no bosque, eles não têm nome nenhum... seja como for, diga lá sua lista de insetos; está perdendo tempo.

— Bem, tem a mosca — Alice começou contando os nomes nos dedos.

— Certo — disse o mosquito —, no meio daquele arbusto ali você vai ver uma "moscavalo", se olhar bem. Não descansa nunca, passa o dia voando de galho em galho.

— Ela come o quê? — Alice perguntou muito curiosa...

— Seiva e serragem — disse o mosquito. — Continue com a lista.

Alice olhou para a "moscavalo", muito interessada, e concluiu que tinha acabado de ser pintada, parecia tão reluzente e pegajosa; continuou:

— Há também a libélula.

— Olhe para cima, no galho sobre sua cabeça — disse o mosquito —, e vai ver uma Libélula-de-natal. Seu corpo é de pudim de passas, as asas de azevinho, e a cabeça é uma passa flambada ao conhaque.

— O que ela come? — perguntou Alice...

— Manjar-branco e pastel de carne — o mosquito respondeu —; e faz seu ninho na árvore de Natal.

— Então há a borboleta — Alice continuou, depois de ter dado uma boa olhada no inseto com a cabeça em chamas, pensando consigo mesma: "Desconfio de que é por isso que os insetos gostam tanto de voar para as velas... têm vontade de virar libélulas-de-natal!"

— Rastejando aos seus pés — disse o mosquito (Alice encolheu os pés um tanto assustada) —, você pode observar uma Borboleteiga. Suas asas são fatias finas de pão com manteiga, o corpo é de casca de pão, a cabeça é um torrão de açúcar.

— E o que ela come?

JOHN TENNIEL

— Chá suave com creme.

Uma nova dúvida surgiu na cabeça de Alice:

— E se ela não conseguisse encontrar nenhum? — sugeriu.

— Nesse caso morreria, é simples.

— Mas isso deve acontecer com muita frequência — Alice observou, pensativa.

— Sempre acontece — disse o mosquito.

Depois disso, Alice refletiu em silêncio por uns minutos. Nesse meio-tempo, o mosquito se divertia dando voltas e voltas em torno da cabeça dela, zumbindo. Finalmente sossegou e fez um comentário:

— Você não quer perder o seu nome, não é?

— Não, de jeito nenhum — disse Alice, um pouco agoniada.

— No entanto, não sei — continuou o mosquito num tom descuidado —, pense só como seria conveniente se você conseguisse ir para casa sem ele! Por exemplo, se a governanta quisesse chamá-la para estudar, ela diria "venha cá..." e teria de parar por aí, porque não teria nenhum nome para chamá-la — e, é claro, você não teria de ir, entendeu?

— Isso nunca daria certo, tenho certeza — disse Alice. — Nunca passaria pela cabeça da governanta me dispensar do estudo por causa disso. Se ela não lembrasse do meu nome, me chamaria de "Senhora!", como as governantas fazem.

— Bem, se ela dissesse só "Senhora" — comentou o mosquito —, você diria que está sem hora e não iria estudar... É uma piadinha. Gostaria que você a tivesse feito.

— Por que desejaria que eu a tivesse feito? — Alice perguntou. — É um péssimo trocadilho.

O mosquito suspirou profundamente, enquanto duas grossas lágrimas lhe rolavam pelas faces.

— Não devia fazer piadas — disse Alice —, se isso o deixa tão infeliz.

Seguiu-se mais um daqueles suspirinhos tristonhos, e dessa vez o pobre mosquito aparentava de forma sincera ter-se desfeito em lágrimas, porque quando Alice levantou os olhos não havia ninguém no galho e, como já estava sentindo um pouco de frio por ficar tanto tempo sentada e parada, levantou-se e saiu andando.

Logo chegou a um campo aberto, com um bosque do outro lado, mais escuro que o outro. Alice sentiu um pouco de medo de entrar nele. Refletindo melhor, resolveu ir em frente, "pois para trás é que não vou, com certeza", pensou, e aquele era o único caminho para a Oitava Casa.

"Este deve ser o bosque", disse pensativamente, "em que as coisas não têm nomes. O que será que vai ser do meu nome quando eu entrar nele? Não irei gostar de perdê-lo… porque teriam de me dar outro, e é quase certo que seria um nome feio. Mas, nesse caso, o engraçado seria tentar encontrar a criatura que ficou com meu antigo nome! Igualzinho àqueles anúncios de quando as pessoas perdem seus cachorros: 'Responde pelo nome 'Dash'; usava uma coleira de latão…' Imagine ficar chamando todas as coisas que eu encontrasse de 'Alice' até que uma delas respondesse! Se fossem espertas, não iriam responder."

Assim divagava quando chegou ao bosque: o ar era fresco e sombrio.

— Bem, de todo modo é um grande alívio — disse ao entrar sob as árvores —, depois de sentir tanto calor, entrar sob... o quê? — continuou, pasma por não conseguir lembrar a palavra. — Quero dizer entrar sob... sob as... sob isto, entende! — disse, pondo a mão no tronco da árvore. — Como é que isto se chama, afinal? Acredito que não tem nome... ora, com certeza não tem!

Alice ficou em silêncio, pensando, quando, de repente, recomeçou:

— Então, no fim das contas a coisa realmente aconteceu! E agora, quem sou eu? Vou me lembrar, se puder! Estou decidida!

Mas estar decidida não ajudou muito, e tudo que conseguiu dizer, depois de quebrar muito a cabeça, foi:

— L, eu sei que começa com L!

Nesse instante apareceu uma Corça vagando por ali; olhou para Alice com seus olhos grandes e meigos, sem se assustar.

— Venha cá! Venha cá! — disse Alice, esticando a mão e tentando acariciá-la; mas a Corça recuou um pouco e voltou a olhar para Alice.

— Como você se chama? — a Corça perguntou. Que voz doce e suave ela tinha!

— Quem me dera saber! — pensou a pobre Alice. Respondeu, um tanto cabisbaixa:

— Nada, por enquanto.

— Pense bem —, a Corça disse —, esse não serve.

Alice pensou, mas nada lhe veio à mente.

— Por favor, poderia me dizer como você se chama? — disse timidamente. — Acho que isso poderia ajudar um pouco.

— Vou lhe dizer se vier um pouco adiante comigo — disse a Corça. — Aqui não consigo me lembrar.

Assim, saíram caminhando juntas pelo bosque. Alice abraçava afetuosamente o pescoço macio da Corça, até que chegaram a um outro campo aberto; então a Corça deu um pulo no ar e se soltou dos braços de Alice.

— Sou uma Corça! — gritou radiante. — E, oh! Você é uma criança humana!

Uma expressão de susto tomou de repente seus bonitos olhos castanhos e no instante seguinte ela fugiu como um raio.

Alice ficou procurando-a, prestes a chorar de frustração por ter perdido sua querida companheira de viagem repentinamente.

— De todo modo, agora sei meu nome — disse —, é um consolo. Alice... Alice... não vou esquecer de novo. E agora, qual dessas setas devo seguir?

Não era uma pergunta muito difícil, já que uma única estrada atravessava o bosque, e as duas setas apontavam para ela. "Vou resolver a questão", disse Alice consigo, "quando a estrada se dividir e elas apontarem rumos diferentes."

Mas isso não parecia provável. Andou e andou por um longo tempo, mas sempre que a estrada se dividia, elas apontavam para a mesma direção, uma com os dizeres "POR AQUI — CASA DE TWEEDLEDUM"; e a outra, "CASA DE TWEEDLEDEE — POR AQUI"

— Desconfio — disse Alice —, que eles moram na mesma casa! Não sei como não pensei nisso antes... Mas não posso ficar muito. Vou só dar uma chegadinha, dizer "olá, como vão?" e lhes perguntou o caminho para sair do bosque. Gostaria de pelo menos chegar à Oitava Casa antes do anoitecer!

— Assim foi divagando, falando consigo mesma enquanto caminhava, até que, numa curva fechada, deu de encontro com dois homenzinhos gordos, tão de repente que não pôde evitar dar um salto para trás com o susto, mas logo percebeu que só poderiam ser eles.

# CAPÍTULO 4

## TWEEDLEDUM E TWEEDLEDEE

stavam de pé sob uma árvore, um abraçando o outro, e Alice soube no mesmo instante qual era qual porque um deles tinha "DUM" bordado na gola e o outro, "DEE". "Imagino que ambos têm "TWEEDLE" escrito na parte de trás da gola", falou para si mesma.

Estavam tão quietos que ela esqueceu por completo que estavam vivos e, justamente quando tentava ver se havia a palavra "TWEEDLE" escrita na parte de trás das duas golas, assustou ao ouvir uma voz vindo do que tinha a marca "DUM".

— Se pensa que somos bonecos de cera — ele disse —, devia pagar ingresso, não é? Bonecos de cera não são feitos para serem vistos de graça!

— Ao contrário — acrescentou o que tinha a marca "DEE" —, se acha que somos vivos, devia falar.

— Lamento muito, de verdade — foi tudo que Alice conseguiu dizer; pois as palavras da velha canção insistiam em ecoar na sua cabeça como o tique-taque de um relógio, e mal conseguia manter apenas em seus pensamentos.

*Tweedledum e Tweedledee andam em grande ralho;*
*Pois, disse Tweedledum, Tweedledee desafinara seu chocalho.*
*Iam os dois se engalfinhar,*
*Quando um corvo imenso, escuro,*
*Veio nossos heróis espantar,*
*E os dois fugiram, em grande apuro.*

— Sei no que está pensando — disse Tweedledum —, mas você está enganada.

— Ao contrário — continuou Tweedledee —, se era assim, podia ser; e se fosse assim, seria; mas como não é, não é. Isto é lógico.

— Estava pensando — disse Alice muito educada —, qual será o melhor caminho para sair deste bosque; está ficando tão escuro! Poderiam me informar, por favor?

Mas os homenzinhos gorduchos apenas se entreolharam e sorriram.

Pareciam um par de colegiais balofos, a ponto que Alice não pôde evitar apontar o dedo para Tweedledum e dizer:

— O Primeiro da Classe!

— De maneira alguma! — Tweedledum exclamou rapidamente, e fechou a boca de novo com um estalo.

— O segundo! — disse Alice passando para Tweedledee, estava certa de que ele iria apenas gritar "Ao contrário!", e foi o que fez.

— Você fez tudo errado! — exclamou Tweedledum. — A primeira coisa numa visita é dizer, "Como vai?" e dar um aperto de mão!

E aqui os dois irmãos deram um abraço e estenderam as duas mãos que tinham livres como cumprimento.

Alice não queria apertar a mão de nenhum dos dois, em primeiro lugar, porém com receio de ofendê-los caso negasse o gesto, apertou as mãos dos dois ao mesmo tempo; um instante depois eles estavam dançando em círculo. Isso pareceu perfeitamente natural (ela lembrou depois), e não ficou surpresa nem quando ouviu uma música:

parecia vir da árvore sob a qual dançavam, e era produzida (pelo que pôde entender) pelos galhos se esfregando uns contra os outros, como rabecas e arcos.

— Mas sem dúvida foi divertido — Alice disse mais tarde, quando estava contando toda esta história à irmã — me ver cantando "Ciranda, cirandinha". Não sei quando comecei! A sensação era de que estava contando aquilo por muito tempo.

Os outros dois dançarinos não tinham boa disposição física e logo ficaram sem fôlego.

— Quatro voltas é o bastante para uma dança — bufou Tweedledum —, e pararam de dançar tão de repente quanto haviam começado. A música parou no mesmo instante.

Soltaram as mãos de Alice e ficaram um minuto olhando para ela; Alice ficou desconcertada. "Não caberia dizer 'Como vai' agora", pensou com seus botões; "de algum modo, parece que fomos além desse ponto."

— Espero que não estejam muito cansados! — disse finalmente.

— De maneira alguma. E muito obrigado por perguntar — disse Tweedledum.

— Gratíssimo! — acrescentou Tweedledee. — Gosta de poesia?

— Gosto muito... de algumas poesias — Alice respondeu hesitante. — Poderiam me dizer que estrada tomar para sair do bosque?

— Que posso recitar para ela? — disse Tweedledee, voltando para Tweedledum com os olhos arregalados e solenes, sem fazer caso da pergunta de Alice.

— *A Morsa e o Carpinteiro* é a mais longa — Tweedledum respondeu, dando um caloroso abraço no irmão.

Tweedledee começou imediatamente:

*O sol brilhava...*

Nesse ponto Alice arriscou interrompê-lo:

Se é muito longa — disse o mais delicadamente que pôde —, poderiam, por favor, me dizer primeiro qual é a estrada...

Tweedledee sorriu gentilmente, e recomeçou:

*O sol brilhava sobre o mar,*
*com raios certeiros, pujantes.*
*Aplicava sua melhor arte*
*a tornar as ondas coruscantes.*
*E isso era estranho porque*
*batera meia-noite pouco antes.*

*A lua brilhava mofina,*
*porque pensava que o sol,*
*depois que o dia termina,*
*devia se retirar.*
*"É muita indelicadeza", dizia,*
*"Vir aqui me ofuscar."*

*O mar estava molhado; mais não podia estar.*
*A areia estava seca a não poder mais secar.*
*Nuvem, não se via uma só, porque*
*não havia nenhuma no céu a flutuar.*
*Nenhum pássaro cortava os ares...*
*pois não havia pássaros para voar.*

*A Morsa e o Carpinteiro*
*caminhavam lado a lado.*
*Choravam copiosamente ao ver*
*o chão assim, tão de areia forrado:*
*"Se ao menos fizessem uma faxina," diziam,*
*"Isto poderia ficar em bom estado!"*

*"Se sete criadas com sete esfregões*
*por um ano isto aqui esfregassem,*
*acha possível", a Morsa perguntou,*
*"Que toda esta areia limpassem?"*
*"Duvido", disse o Carpinteiro,*
*E uma lágrima sentida derramou.*

*"Ó Ostras, venham fazer um passeio!"*
*disse a Morsa suplicante.*
*"Uma boa conversa, um belo recreio,*
*pelas praias verdejantes:*
*Mas apenas quatro em cada volteio*
*para as mãos lhes dar adiante."*
*A Ostra mais velha o relanceou,*
*mas a boca não disse palavra.*
*Deu apenas uma piscadela,*
*e a pesada cabeça meneou...*
*a sugerir: "Deixar a ostreira*
*para flanar? Ai, isso não vou."*

*Quatro ostrinhas, porém, acorreram,*
*muito sôfregas pelo regalo:*
*Vestidinho limpo, rosto lavado,*
*sapatos nos trinques e rabo de cavalo.*
*E isso era estranho, se bem pesado,*
*porque tinham o coco rapado.*

LEWIS CARROLL

*Quatro outras Ostras as seguiram,*
*e depois mais, de par em par.*
*Por fim aos bandos chegaram,*
*e foi um não mais acabar.*
*Todas saltando na espuma das ondas,*
*e voltando à praia a bracejar.*
*A Morsa e o Carpinteiro*
*andaram um bom estirão.*
*Depois descansaram numa pedra*
*jeitosa que havia no chão.*
*Então as ostrinhas todas*
*puseram-se em fila, de prontidão.*

*"É chegada a hora", disse a Morsa,*
*"De falar de muitas coisas:*
*de sapatos... e barcos... e vazas...*
*de repolhos... e reis... e lousas...*
*E por que o mar tanto ferve*
*E se os porcos têm asas."*

*"Só um minutinho", as Ostras gritaram,*
*"Antes da nossa conversa;*
*Estamos tão esbaforidas,*
*viemos em tal correria!"*
*"Temos tempo!" disse o Carpinteiro,*
*rindo, num gesto de galhardia.*
*"Um naco de pão", a Morsa disse,*
*"é o que vem a calhar;*
*Depois pimenta e vinagre*
*não são de se dispensar...*
*Já estão prontas, Ostrinhas queridas?*
*Vamos dar início ao jantar."*

*"Mas não vão nos jantar!" as Ostras gritaram,*
*perdendo um pouquinho a cor.*
*"Após tanta gentileza,*
*oh, é tão desolador!"*
*"É uma bela noite", disse a Morsa,*
*"apreciam esta beleza?"*

*"Foram tão gentis conosco!*
*Não criaram um só embaraço!"*
*O Carpinteiro disse apenas:*
*"Corte-me mais um pedaço!*
*Minha fome é tamanha*
*que todo este pão hoje eu traço."*
*É uma vergonha", a Morsa disse,*
*"Lhes fazer uma falseta dessa,*
*depois que as trouxemos tão longe*
*e as fizemos andar tão depressa!"*
*O Carpinteiro disse só:*
*"Vamos à primeira remessa!"*

*"Choro por vocês", a Morsa disse.*
*"Tenho o coração contristado."*
*E entre soluços e lágrimas, foi*
*puxando as graúdas p'ro seu lado.*
*Depois, levou o lenço aos olhos,*
*que ainda estavam marejados.*

*"Ó Ostras", disse o Carpinteiro.*
*"Fizeram uma bela corrida!*
*Que tal correr de volta pra casa?"*
*Mas nenhuma resposta foi ouvida...*
*e não era de estranhar, porque*
*ostra por ostra tinha sido comida.*

— Gosto mais da Morsa — disse Alice. — Pois ela teve um pouco de pena das pobres ostras.

— Mas comeu mais que o Carpinteiro — disse Tweedledee. — Repare, ela segurou o lenço na sua frente, para o Carpinteiro não poder ver o quanto comia.

— Isso foi mesquinho! — Alice exclamou indignada. — Se é assim, gosto mais do Carpinteiro... se é que não comeu tanto quanto a Morsa.

— Mas ele comeu o tanto que pôde — disse Tweedledee.

Aquilo era perturbador. Depois de uma pausa, Alice continuou a dizer:

— Bem! Ambos eram muito desagradáveis...

Alice calou-se ao ouvir o som do vapor de uma locomotiva vindo do bosque, ficando um tanto assustada, embora temesse que fosse apenas um animal selvagem.

— Há leões ou tigres por aqui? — perguntou timidamente.

— É só o Rei Vermelho roncando — disse Tweedledee.

— Venha ver! — gritaram os irmãos.

Cada um pegou uma das mãos de Alice e a levaram até onde o Rei dormia.

— Não é uma visão encantadora? — disse Tweedledum.

Para ser sincera, Alice não concordava. O Rei usava uma touca de dormir vermelha e alta, com um pompom, estava encolhido como uma trouxinha mal amarrada e roncando alto...

— Esse ronco é capaz de lhe arrancar a cabeça fora! — comentou Tweedledum.

— Receio que pegue um resfriado, deitado assim no capim úmido — disse Alice, que era uma menininha muito atenciosa.

— Agora está sonhando — observou Tweedledee. — Acha que ele sonha com o quê?

Alice disse:

— Isso ninguém sabe.

— Ora, com você! — Tweedledee exclamou, batendo palmas, triunfante. — E se parasse de sonhar com você, onde acha que você estaria?

— Onde estou agora, é claro — respondeu Alice.

— Não, não! — Tweedledee retrucou, desdenhoso. — Não estaria em lugar algum. Ora, você é apenas um detalhe no sonho dele!

— Se o Rei acordasse — acrescentou Tweedledum —, você sumiria... puf! Exatamente como uma vela!

— Não sumiria! — Alice exclamou indignada. — Além disso, se sou só um detalhe no sonho dele, gostaria de saber: o que são vocês?

— Idem — disse Tweedledum.

— Idem, ibidem — gritou Tweedledee.

E gritou tão alto que Alice não pôde se impedir de dizer:

— Psss! Receio que vá acordá-lo se fizer tanto barulho.

— Bem, não adianta você falar sobre acordá-lo — disse Tweedledum —, quando não passa de um detalhe no sonho dele. Você sabe muito bem que não é real.

— Eu sou real! — disse Alice, caindo em choro.

— Não vai ficar nem um pingo mais real chorando — observou Tweedledee. — Não há motivo para chorar.

— Se eu não fosse real — disse Alice, meio rindo por entre as lágrimas, de tão absurdo que tudo aquilo soava —, não conseguiria chorar.

— Não vá imaginar que suas lágrimas são reais! — Tweedledum interrompeu-a, num tom de profundo desdém.

"Sei que estão falando absurdos", Alice pensou consigo, "e é tolice chorar por causa disso." Assim, enxugou as lágrimas e continuou, no tom mais alegre que pôde.

— Seja como for, tenho de ir embora, pois está começando a escurecer. Acham que vai chover?

Tweedledum abriu um enorme guarda-chuva sobre ele e o irmão, olhou para cima e disse:

— Não, não acho que vai. Pelo menos... não aqui embaixo. De maneira alguma.

— Mas será que pode chover aqui fora?

— Pode... se escolher — disse Tweedledee —; não faremos nenhuma contestação. Ao contrário.

— Criaturas egoístas! — pensou Alice, e já ia dizer "Boa noite" e deixá-los quando Tweedledum saltou fora do guarda-chuva e a agarrou pelo pulso.

— Está vendo aquilo? — perguntou, numa voz emocionada, e seus olhos ficaram grandes e amarelos de repente, enquanto apontava um dedo trêmulo para uma coisinha branca caída sob a árvore.

— É só um chocalho — disse Alice, após examinar bem a coisinha branca. — E não está na ponta do rabo de nenhuma cascavel, sabe? Deu-se pressa em acrescentar, achando que ele estava apavorado.

— Só um chocalho velho... bem velho e quebrado.

— Sabia que era! — exclamou Tweedledum, começando a bater o pé furiosamente para todos os lados e a puxar o cabelo. — Está estragado, é claro!

Olhou para Tweedledee, que imediatamente se sentou no chão e tentou se esconder debaixo do guarda-chuva.

Alice colocou a mão em seu braço e disse em tom apaziguador:

— Não precisa ficar tão zangado por causa de um chocalho velho.

— Mas não é velho! — gritou Tweedledum, mais furioso que nunca. — É novo... comprei ontem... meu maravilhoso CHOCALHO NOVO!

Sua voz se elevou como um guincho.

Todo esse tempo, Tweedledee estava fazendo o que podia para fechar o guarda-chuva consigo dentro: o que era uma proeza tão impressionante que desviou completamente a atenção de Alice do ir-

mão enraivecido. Mas não teve sucesso e acabou tombando, enrolado no guarda-chuva, deixando só a cabeça de fora: e lá ficou, abrindo e fechando a boca e os olhos graúdos... "mais parecendo um peixe que qualquer outra coisa", pensou Alice.

— Você concorda com uma batalha? — indagou Tweedledum, mais calmo.

— Acho que sim — respondeu o outro, desanimado, rastejando para fora do guarda-chuva —; só que ela tem de ajudar a nos vestir.

E lá se foram os dois irmãos de mãos dadas pelo bosque, e num minuto estavam de volta, segurando tudo em seus braços... como travesseiros, cobertores, tapetes, toalhas de mesa, abafadores e baldes de carvão.

— Espero que você tenha uma boa mão para alfinetar e amarrar! — Tweedledum observou. — É preciso encaixar cada uma destas coisas, não importa como.

Alice contou mais tarde que nunca vira tanto barulho desnecessário em toda a sua vida: o alvoroço daqueles dois... e a quantidade de coisas que puseram sobre si... e a trabalheira que lhe deram para amarrar e desamarrar... "Realmente, quando ficarem prontos vão estar mais parecidos com trouxas de roupa velha que com qualquer outra coisa!", disse consigo mesma, enquanto ajeitava uma almofada arredondada em volta do pescoço de Tweedledee, "para evitar que sua cabeça fosse cortada fora", como ele disse.

— Sabe — ele acrescentou num tom sério —, essa é uma das coisas mais graves que podem acontecer numa batalha... ter a cabeça cortada fora.

Alice não conseguiu conter o riso, mas deu um jeito de transformá-lo numa tosse para não ferir os sentimentos do pobre menino.

— Estou muito pálido? — perguntou Tweedledum, aproximando-se para que Alice prendesse bem seu elmo. (Ele chamava aquilo de elmo, embora certamente mais parecesse uma caçarola.)

— Bem... está... um pouco — Alice respondeu gentilmente.

— Sou muito corajoso em geral — ele continuou em voz baixa —; só que logo hoje estou com dor de cabeça.

— E eu com dor de dente! — disse Tweedledee ouvindo a conversa dos dois... — Estou muito pior que você!

— Nesse caso não deveriam lutar hoje — disse Alice, vendo ali uma oportunidade para fazerem as pazes.

— Teremos uma luta bem curtinha, não faço questão que seja longa — disse Tweedledum. — Que horas são agora?

Tweedledee disse após consultar seu relógio:

— Quatro e meia.

— Vamos lutar até às seis, e depois jantar — disse Tweedledum.

— Muito bem — concordou o outro um tanto cabisbaixo. — E ela pode assistir... sem chegar perto — acrescentou —; sempre acerto tudo que vejo pela frente quando me empolgo.

— E eu acerto tudo que está ao meu alcance — exclamou Tweedledum. Quer possa vê-lo ou não!

JOHN TENNIEL

Alice riu.

— Imagino que acertem as árvores frequentemente — disse.

Tweedledum olhou à sua volta, sorridente e satisfeito.

— Tenho a impressão — disse —, de que não vai sobrar uma só de pé, por todo este trecho, ao fim da batalha!

— E tudo por causa de um chocalho! — espantou-se Alice, ainda com esperança de deixá-los um pouco envergonhados de lutarem por tal besteira.

— Eu não teria me importado tanto — disse Tweedledum —, se não fosse um chocalho novo.

JOHN TENNIEL

"Gostaria que o corvo monstruoso chegasse!" pensou Alice.

— Só temos uma espada — disse Tweedledum ao irmão. — Mas você pode usar o guarda-chuva... é quase tão pontudo quanto. Só que temos de começar rápido. Está escurecendo a olhos vistos.

— E a olhos fechados — disse Tweedledee.

Estava escurecendo tão de repente que Alice suspeitou que uma tempestade chegaria.

— Que nuvem espessa e escura aquela! — disse. — E como vem depressa! Parece que tem asas!

— É o corvo! — Tweedledum gritou com uma voz estridente e assustada. E os dois irmãos saíram em disparada, sumindo de vista num piscar de olhos.

Alice correu para dentro do bosque, parando debaixo de uma grande árvore. “Aqui ele nunca vai me pegar”, pensou, “é grande demais para ele caber mesmo que se esprema entre as árvores. Mas gostaria que não batesse tanto as asas... provoca um verdadeiro furacão no bosque — olha, ali vai o xale de alguém, soprado pelo vento!”

# CAPÍTULO 5

## LÃ E ÁGUA

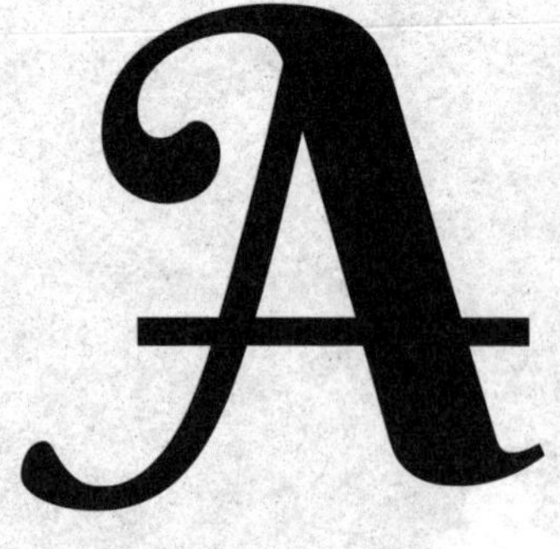

lice agarrou o xale enquanto falava e olhou ao seu redor à procura da dona; um instante depois, a Rainha Branca apareceu correndo freneticamente pelo bosque, os dois braços abertos totalmente esticados, como se estivesse voando, e Alice, muito cortês, foi ao encontro dela com o xale.

— Foi uma sorte eu estar no caminho — disse, enquanto a ajudava a pôr o xale de novo.

A Rainha Branca estava com um olhar amedrontado, repetindo para si mesma, num sussurro, algo que soava como "pão com manteiga, pão com manteiga", e Alice percebeu que, se era para haver alguma conversa, ela teria que se manifestar primeiro. Assim, começou, bastante tímida:

— Estou *me endereçando* à Rainha Branca?

— Bem, sim, se você chama isso de "adereçar-se" — disse a Rainha. — Não é o que eu penso, absolutamente.

Alice, pensando que não convinha discutir logo no início da conversa, sorriu e disse:

— Se Vossa Majestade tiver a bondade de me dizer qual é a maneira certa, farei isso da melhor forma."

— Mas não quero que seja feito de maneira alguma! — gemeu a pobre Rainha. — Faz duas horas que estou me *desadereçando*.

Teria sido muito melhor, para Alice, se ela tivesse trazido uma outra pessoa para adereçá-la. A Rainha estava toda desgrenhada. "Todos os adereços estão tortos", Alice pensou, "e tudo está pregado com alfinete!

— Posso endireitar seu xale? — acrescentou em voz alta.

— Não sei o que há de errado com ele! — lamentou a Rainha. — Está de mau humor, acho. Eu tentei arrumá-lo, mas nada o contenta!

— Ele não fica bom se o prender todo de um lado só — disse Alice, enquanto o arrumava gentilmente. — Nossa! Seu cabelo!

— A escova ficou enganchada nele — suspirou a Rainha. — Perdi o pente ontem!"

Alice soltou a escova cuidadosamente e fez o que podia para ajeitar seu cabelo.

— Veja, está com uma aparência muito melhor agora! — disse depois de ajeitar aqui e ali. — Mas realmente devia ter uma criada de quarto!

— Eu contrataria você com prazer! — propôs a Rainha. — Dois centavos por semana e geleia em dias alternados.

Alice não pôde deixar de rir, enquanto dizia:

— Não quero que me contrate... e não gosto muito de geleia.

— É uma geleia muito boa — disse a Rainha.

— Bem, de todo modo, não quero nenhuma hoje.

— Mesmo que quisesse, não poderia ter — disse a Rainha. — A regra é: geleia amanhã e geleia ontem... mas nunca geleia hoje.

— Isso só pode acabar em "geleia hoje" — contestou Alice.

— Não, não pode — disse a Rainha. — É geleia no outro dia: hoje nunca é outro dia, entende?

— Na verdade, não — disse Alice. — É terrivelmente confuso!

— É isso que dá viver às avessas — disse a Rainha com doçura. — Sempre ficamos atordoados no começo...

— Viver às avessas! — Alice repetiu em grande assombro. — Nunca ouvi falar de tal coisa!

— Mas há uma grande vantagem nisso: a nossa memória funciona nos dois sentidos.

— Tenho certeza de que a minha só funciona em um — afirmou Alice. — Não posso lembrar das coisas antes que elas aconteçam.

— É uma mísera memória a sua, que só funciona para trás — a Rainha observou.

— De que tipo de coisas você se lembra melhor? — perguntou Alice atrevidamente.

— Oh, das que acontecerão daqui a duas semanas — a Rainha respondeu num tom relaxado. — Por exemplo, agora — continuou, enrolando uma larga atadura no dedo enquanto falava —, há o Mensageiro do Rei. Está na prisão agora, sendo punido, e o julgamento não começará até quarta-feira que vem, e, é claro, o crime vem por último.

— E se ele nunca cometer o crime? — disse Alice.

— Bem melhor, não é? — retrucou a Rainha, prendendo a atadura em volta do dedo com um pedacinho de fita.

Alice achou que isso era inegável.

— Claro que seria muito melhor — disse —, mas não seria muito melhor se fosse punido.

— Nisso você está completamente errada — disse a Rainha. — Já foi punida alguma vez?

— Só pelo que fiz de errado — respondeu Alice.

— E sei que isso só lhe fez bem! — disse a Rainha, triunfante.

— Sim, mas eu tinha feito as coisas pelas quais fui punida — disse Alice. — Isso faz toda a diferença.

— Mas se não as tivesse feito — continuou a Rainha —, teria sido melhor ainda; melhor e melhor e melhor!

Sua voz foi ficando mais aguda a cada "melhor". Parecia um apito no final.

Alice ia dizendo "Há alguma coisa errada...", quando a Rainha começou a gritar tão alto que ela teve de deixar a frase incompleta:

— Ai, ai, ai! — gritava ela, sacudindo a mão como se quisesse fazê-la voar fora. — Meu dedo está sangrando! Ai, ai, ai, ai!

Seus gritos eram tão exatamente iguais ao apito de uma locomotiva que Alice teve de tapar os ouvidos com as duas mãos.

— O que aconteceu? — quis saber, assim que teve uma chance de se fazer ouvir. — Furou o dedo?

— Não ainda — a Rainha disse —, mas vou furar logo, logo... ai, ai, ai!

— Quando será isso? — Alice perguntou, querendo rir.

— Quando prender meu xale de novo! — a pobre Rainha gemeu —; o broche vai se abrir já. Ai, ai!

Enquanto dizia isso, o broche se abriu e a Rainha o agarrou desvairadamente, tentando fechá-lo de novo.

— Cuidado! — exclamou Alice. — Você está segurando o broche todo torto!

E o agarrou; mas era tarde demais: o alfinete escorregou e furou a Rainha.

— Isso explica o sangramento, vê? — disse ela à Alice com um sorriso. — Agora você entende como as coisas acontecem aqui.

— Mas por que não grita agora? — Alice perguntou, com as mãos em posição, se preparando para tapar os ouvidos novamente...

— Ora, já gritei o que tinha de gritar — disse a Rainha. — Qual seria o proveito de repetir tudo?

A essa altura, já estava clareando.

— Acho que o corvo deve ter voado para longe — disse Alice. — Estou tão contente que tenha ido embora. Pensei que era a noite chegando.

— Gostaria... de conseguir ficar contente! — a Rainha disse. — Só que nunca lembro a regra. Você deve ser muito feliz, vivendo neste bosque e ficando contente quando lhe agrada!

— Só que isto aqui é tão solitário! — disse Alice, melancólica, em seguida duas grossas lágrimas que lhe rolaram pelas faces.

— Oh, não fique assim! — exclamou a pobre Rainha, torcendo as mãos em desespero.

— Considere a grande menina que você é. Considere o tanto que percorreu hoje. Considere que horas são. Considere qualquer coisa, mas não chore!

Alice não pôde deixar de rir disso, mesmo em meio às suas lágrimas.

— Você consegue parar de chorar fazendo considerações? — perguntou.

— É assim que se faz — disse a Rainha, decidida —; ninguém pode fazer duas coisas ao mesmo tempo, não é? Para começar, vamos considerar a sua idade... quantos anos você tem?

— Exatamente sete anos e meio.

— Não precisa dizer *exatamente* — a Rainha observou. — Posso acreditar sem isso. Agora vou lhe dar uma coisa em que acreditar. Tenho precisamente cento e um anos, cinco meses e um dia.

— Não posso acreditar nisso! — disse Alice.

— Não? — disse a Rainha, com muita pena. — Tente de novo: respire fundo e feche os olhos.

Alice riu.

— Não adianta tentar — disse —; não se pode acreditar em coisas impossíveis.

— Com certeza é falta de prática — disse a Rainha. — Quando eu era da sua idade, sempre praticava meia hora por dia. Ora, algumas vezes cheguei a acreditar em até seis coisas impossíveis antes do café da manhã. Lá se vai meu xale de novo!

O broche se abriu enquanto ela falava, e um forte sopro de vento carregava o xale da Rainha para a outra margem de um pequeno riacho. A Rainha abriu os braços de novo, correndo em busca dele, dessa vez conseguindo agarrá-lo.

— Peguei-o! — gritou num tom triunfante. — Agora você vai me ver prendê-lo de novo, sozinha!

— Sendo assim, seu dedo está melhor agora, não é? — Alice disse muito atenciosamente, enquanto saltava o riachinho atrás da Rainha.

— Oh, muito melhor! — gritou a Rainha, e a voz foi se elevando a um guincho à medida que falava. — Muito me-lhor! Me-lhor! Me-e-eelhor! Me-e-é!

A última palavra terminou um tanto estremecida, tão parecido com o de uma ovelha que Alice realmente levou um susto.

Olhou para a Rainha, que parecia ter se enrolado em lã de repente. Esfregou os olhos e olhou de novo. Não conseguia entender nada do que tinha acontecido. Estaria numa loja? E era mesmo... era mesmo uma ovelha que estava sentada do outro lado do balcão? Por mais que esfregasse os olhos, tudo que conseguia entender era: estava numa lojinha escura, com os cotovelos apoiados no balcão, e diante de si estava uma velha ovelha, sentada numa poltrona tricotando, e vez por outra parando para encará-la através de um grande par de óculos.

— O que deseja comprar? — perguntou a ovelha, tirando os olhos do seu tricô por um instante.

— Ainda não sei muito bem — Alice respondeu. — Gostaria de dar uma olhada em tudo à minha volta primeiro, se me permite.

— Pode olhar para a sua frente, e para os dois lados, se quiser — disse a ovelha —, mas não pode olhar para tudo à sua volta... a menos que tenha olhos na nuca.

Como isso Alice não tinha, a menina contentou-se em dar um giro, olhando as prateleiras enquanto as percorria.

A loja estava repleta de coisas curiosas. Porém, o mais estranho de tudo era que, cada vez que fixava os olhos em alguma prateleira para distinguir o que havia nela, essa prateleira específica estava sempre completamente vazia, embora as outras em torno estivessem completamente abarrotadas.

— As coisas aqui são tão efêmeras! — comentou resmungando, depois de ter passado cerca de um minuto perseguindo em vão uma coisa grande e lustrosa, que às vezes parecia uma boneca e outras vezes uma caixa de costura, e sempre estava na prateleira acima da que estava olhando. — E isto é o mais irritante de tudo, mas vou lhe mostrar... — acrescentou, assaltada por um súbito pensamento. — Vou segui-la até a prateleira mais alta de todas. Vai se ver em apuros para atravessar o teto, imagino!

Mas até esse plano desandou: a "coisa" atravessou o teto na maior tranquilidade possível, como se estivesse muito acostumada a isso.

— Você é uma criança ou um pião? — disse a ovelha enquanto pegava outro par de agulhas. — Vai me deixar tonta se continuar girando desse jeito.

Agora estava trabalhando com catorze pares de agulha ao mesmo tempo; Alice pousou os olhos nela, espantadíssima.

"Como consegue tricotar com tantas agulhas?" — pensou a criança consigo mesma. "A cada minuto ela se parece mais com um porco-espinho!"

— Sabe remar? — a ovelha perguntou, estendendo-se e dando à menina um par de agulhas de tricô enquanto falava.

— Sei, um pouco, mas não no seco... e não com agulhas... — Alice estava começando a falar, quando, de repente, as agulhas viraram remos em suas mãos e ela descobriu que estavam num barquinho, deslizando entre ribanceiras, de modo que só lhe restava remar o melhor que podia.

— Nivelar! — gritou a ovelha, pegando um outro par de agulhas.

Como esta observação não parecia requerer nenhuma resposta, Alice ficou calada e continuou remando. Havia algo de muito estranho na água, pensou a menina, pois volta e meia os remos emperravam e só com muita dificuldade saíam da água.

— Nivelar! Nivelar! — a ovelha gritou de novo, pegando mais duas agulhas. — Já, já vai acabar enforcando o remo.

— Por que faria isso? — pensou Alice. — Tão cruel.

— Não me ouviu dizer 'Nivelar?'— gritou a ovelha, furiosa, pegando um punhado de agulhas.

— Ouvi sim — admitiu Alice. — várias vezes... e muito alto. Por favor, como se enforcam remos?

— Com corda, é claro! — disse a ovelha, espetando algumas das agulhas na lã, pois já não cabiam nas mãos. — Nivelar, estou dizendo!

— Por que fica dizendo "nivelar" o tempo todo? — Alice finalmente perguntou, um tanto ríspida. – Não estou desnivelada!

— Está, sim — disse a ovelha. — Você é uma patinha boba.

Alice se ofendeu um pouco, ficando em silêncio ao encerrar a conversa e se mantendo assim por uns minutos, enquanto deslizavam suavemente, às vezes entre ilhas de algas (que faziam os remos resis-

tirem ainda mais à água), e às vezes sob árvores, mas sempre com as mesmas ribanceiras sobre suas cabeças.

— Ah, por favor! Há uns juncos perfumados (uma espécie de gramíneas)! — Alice exclamou, subitamente enlevada. — Há mesmo... e são tão lindos!

— Não precisa me dizer "por favor" por causa disso — a ovelha respondeu sem tirar os olhos do seu tricô. — Não fui eu quem os pôs ali, não sou eu quem vou tirá-los.

— Não, mas o que eu quis dizer foi, por favor, pode esperar e colher alguns? — Alice suplicou. — Se não se importa de parar o barco por um minuto.

— Como posso pará-lo? — perguntou a ovelha. — Se você parar de remar, ele para por si mesmo.

Assim deixou-se flutuar pelo ribeirão, até que deslizou suavemente para o meio dos juncos oscilantes. Então as manguinhas foram cuidadosamente colhidas, e os bracinhos de Alice mergulhados até os cotovelos para pegar os juncos bem delicadamente antes de quebrá-los... e por algum tempo a ovelha e seu tricô sumiram da cabeça de Alice, enquanto ela se debruçava sobre a borda do barco, só as pontas dos cabelos despenteados mergulhando na água... e, com olhos fascinados, apanhava feixe após feixe dos encantadores juncos perfumados.

"Espero que o barco não vire!" — disse para si mesma. "Oh, que lindo é aquele. Só que não consegui alcançá-lo."

E certamente parecia um pouco irritante ("quase como se fosse de propósito", ela pensou) que, embora conseguisse colher quantidades de lindos juncos à medida que o bote deslizava, houvesse sempre um mais lindo que não podia alcançar.

— Os mais bonitos estão sempre mais longe! — suspirava perante a teimosia dos juncos em crescerem tão afastados. Alice, com seus cabelos emaranhados, tentava voltar a seu lugar e começar a arrumar seus tesouros recém-descobertos.

Os juncos começaram a murchar e a perder seu perfume e beleza, desde o momento em que foram colhidos. Até juncos perfumados reais, como você sabe, duram só por pouco tempo... e esses, sendo juncos de sonho, derretiam quase como neve enquanto repousavam em feixes aos pés dela... mas Alice mal percebeu isso, tantas outras coisas curiosas tinha para pensar. Não tinham ido muito longe quando a pá de um dos remos emperrou firme na água e se recusou a sair (assim explicou Alice mais tarde); e a consequência foi que o punho do remo a acertou no queixo, e a fez cair do assento e se afundar no monte de juncos, tudo ao som de "Ai, ai, ai!". Mas ela não se machucou e logo estava de pé novamente. Enquanto isso, a ovelha continuava com seu tricô, como se nada tivesse acontecido. "Que belo remo você enforcou!". Ela observou, quando Alice voltava ao seu lugar, bastante aliviada por ainda estar no barco.

— Enforquei? Nesse caso, foi sem querer — disse Alice espiando a água escura sobre a borda do barco cautelosamente. — Espero que não tenha sofrido muito, não gosto de enforcar nada!

Mas a ovelha só riu com desdém e continuou tricotando.

— Há muitos remos enforcados aqui? — perguntou Alice.

— Remos enforcados e todo tipo de coisa — disse a ovelha. — Coisas para todos os gostos, é só decidir. Diga-me, o que você quer comprar?

— Comprar! — Alice repetiu num tom de espanto e terror: os remos, o barco, o rio, haviam todos desaparecido num instante, e ela estava de novo na lojinha escura.

— Gostaria de comprar um ovo, por gentileza — disse timidamente. — Como os vende?

— Cinco centavos por um... Dois centavos por dois — a ovelha respondeu.

— Então dois custam menos que um? — perguntou Alice surpresa, pegando a bolsa.

— Só que, se comprar dois, tem de comê-los — disse a ovelha.

— Nesse caso, quero um, por favor — disse Alice, pondo o dinheiro no balcão. Pois pensou consigo mesma: "Os dois não devem ser grande coisa".

A ovelha pegou o dinheiro e o guardou numa caixa, dizendo em seguida:

— Eu nunca ponho coisas nas mãos das pessoas... não é conveniente... você mesma terá de pegá-lo.

E assim dizendo foi para o outro canto da loja e pôs um ovo em pé numa prateleira.

"Por que seria inconveniente?" — pensou Alice, tentando andar por entre as mesas e cadeiras, pois o fundo da loja era muito escuro. "Quanto mais ando em direção ao ovo, mais longe ele parece ficar. Deixe-me ver... isto é uma cadeira? Nossa! Ela tem galhos! Como é estranho ter árvores crescendo aqui! E de fato aqui está um pequeno riacho! Bem, esta é a loja mais esquisita que já vi!"

Assim foi ela, espantando-se mais e mais a cada passo, pois todas as coisas viravam árvores conforme se aproximava, e tinha certeza de que o ovo faria o mesmo.

# CAPÍTULO 6

## HUMPTY DUMPTY

JOHN TENNIEL

ovo, entretanto, foi ficando cada vez maior e cada vez mais humano. Quando chegou a alguns metros dela, Alice viu que tinha olhos, nariz e boca. Ao se aproximar mais um pouco, viu claramente que era HUMPTY DUMPTY[1] em pessoa. "Não pode ser mais ninguém!", disse para si mesma. "Tenho tanta certeza quanto se ele tivesse o nome escrito na cara."

A cara dele era tão grande que daria para escrever seu nome diversas vezes em vários cantos. Humpty Dumpty estava sentado sobre um muro alto, de pernas cruzadas, como um turco, — tão estreito que Alice se perguntou como o ovo conseguia manter o equilíbrio — e, como ele mantinha os olhos fixos na direção oposta, não notava a presença dela, a menina pensou que, afinal, devia ser um presunçoso.

— Parece um ovo sem tirar nem pôr! — disse quase gritando, de braços abertos e pronta para segurá-lo, pois temia que caísse a qualquer momento.

— É muito aborrecedor — Humpty Dumpty disse após um longo silêncio, sem olhar para Alice enquanto falava, "ser chamado de ovo... muito!"

---

1 *Em inglês, a expressão "Humpty-Dumpty" é usada como termo ofensivo para alguém "baixinho e gordo". Há várias versões sobre a origem da expressão, entre elas: a) dataria do final do século XVIII e viria do personagem da cantiga de crianças "Humpty-Dumpty"; b) seria um poderoso canhão usado na Guerra Civil inglesa (1642-49) para defender a Igreja de Colchester no cerco do verão de 1648 — o canhão foi atingido e os homens do rei não conseguiram consertá- lo; c) a sonoridade aludiria a Ricardo III, que era corcunda e manco. Cercado de tropas inimigas e atacado, seu corpo foi cortado em pedaços. (N.T.)*

— Disse que parecia um ovo, Senhor — Alice explicou gentilmente. — E há ovos muito bonitos, sabe — acrescentou, na esperança de transformar seu comentário em um elogio.

— Certas pessoas — disse Humpty Dumpty, evitando o contato visual com ela novamente, parecem não ter mais juízo que um bebê!

Alice não soube responder. Aquilo não soava como uma conversa, pensou, pois ele nunca dizia nada que fazia sentido; na verdade, seu último comentário foi evidentemente para uma árvore — assim, ficou quieta e repetiu suavemente para si mesma:

*Humpty Dumpty num muro se aboletou,*
*Humpty Dumpty* lá de cima despencou.
*Todos os cavalos e os homens do Rei a arfar*
*Não conseguiram de novo lá para cima o içar.*

— Este último verso pareceu longo demais para um poema — comentou quase em voz alta, esquecendo que Humpty Dumpty a ouviria.

— Não fique aí falando sozinha desse jeito — Humpty Dumpty disse, olhando para ela pela primeira vez — Melhor me dizer quem é você e o que faz.

— Meu nome é Alice, mas...

— Que nome bobo! — Humpty Dumpty a interrompeu impaciente. — O que significa?

— Um nome deve significar alguma coisa? — Alice perguntou confusa.

— Claro que deve — Humpty Dumpty respondeu com uma risadinha. — Meu nome significa meu formato... aliás um belo formato. Com um nome como o seu, poderia ter inúmeros formatos.

— Por que fica sentado aqui sozinho? — disse Alice esperando uma resposta breve, sem discussões.

— Ora, porque não há ninguém aqui comigo! — exclamou Humpty Dumpty. — Pensou que não teria resposta para isso? Próxima pergunta.

— Não acha que ficaria mais seguro no chão? — Alice continuou, não com a intenção de propor uma charada, mas movida pela simples ansiedade benévola que o estranho homenzinho despertava nela. — Esse muro é tão estreitinho!

— Que charadas absurdamente fáceis você propõe! — Humpty Dumpty resmungou. — Claro que não acho! Se por acaso eu caísse, o que não tem a menor chance de acontecer, mas se eu caísse...

Aqui franziu os lábios e pareceu tão tranquilo e majestático que Alice mal pôde conter o riso.

— Se eu caísse — continuou —, o Rei me prometeu... ah, você vai ficar de queixo caído! Não esperava que eu fosse dizer isto, esperava? O Rei me prometeu... da sua própria boca... que... que...

— Mandaria todos os seus cavalos e todos os seus homens — Alice interrompeu de forma grosseira.

— Francamente, isto é horrível! — Humpty Dumpty gritou numa fúria repentina. — Andou escutando atrás das portas... e atrás das árvores... e pelas chaminés... ou não poderia saber disso!

— Não andei, verdade! — Alice disse muito gentilmente. — Está num livro.

— Ah, bem! Podem escrever coisas assim num livro — disse Humpty Dumpty, mais calmo. — É o que vocês chamam de Histó-

ria da Inglaterra, é isso. Ora, olhe bem para mim! Sou daqueles que falou com um Rei, eu sou: pode ser que você nunca veja outro. E para lhe mostrar que não sou orgulhoso, pode apertar a minha mão!

Abriu um sorriso quase de uma orelha à outra enquanto estendia a mão para Alice, não caindo do muro por um triz. Ela olhou para ele um pouco aflita enquanto a apertava. "Se abrisse mais o sorriso, os cantos da sua boca poderiam se encontrar atrás", pensou, "e nesse caso não sei o que aconteceria com a sua cabeça. Seria capaz de saltar fora!"

— Sim, todos os seus homens e todos os seus cavalos — Humpty Dumpty continuou. — Eles me ergueriam de novo num segundo, ergueriam sim! Mas esta conversa está avançando um pouco depressa demais. Vamos voltar para sua penúltima observação.

— Não me recordo qual foi — disse Alice.

— Neste caso, vamos recomeçar do zero — disse Humpty Dumpty —, e é minha vez de escolher o assunto...

— Ele fala exatamente como se fosse um jogo! — pensou Alice.

— Portanto, aqui está uma pergunta para você. Quantos anos disse que tinha?

Alice fez um rápido cálculo e respondeu:

— Sete anos e seis meses.

— Errado! — Humpty Dumpty exclamou, triunfante. — Você nunca disse tais palavras!

— Pensei que queria dizer "Quantos anos você tem?" — Alice explicou.

— Se tivesse querido dizer isso, teria dito isso — disse Humpty Dumpty.

Alice não disse nada, pois não queria começar outra discussão...

— Sete anos e seis meses! — Humpty Dumpty repetiu, pensativo. — Uma idade muito incômoda. Se tivesse pedido o meu conselho, eu teria dito: "pare nos sete", mas agora é tarde.

— Nunca peço conselho sobre crescimento — Alice disse indignada.

— Orgulhosa demais? — o outro perguntou, deixando Alice ainda mais indignada. "Quero dizer que uma pessoa não pode evitar o envelhecimento — respondeu a menina.

— Uma não pode, talvez — disse Humpty Dumpty —, mas duas podem. Com a devida assistência, você poderia ter parado nos sete.

— Que cinto bonito o seu! — Alice observou de repente. (Já tinham falado o suficiente sobre idade, ela pensou; e se realmente iam revezar na escolha de assuntos, agora era a sua vez.)

— Pelo menos — corrigiu-se, após pensar melhor —, uma bela gravata, eu devia ter dito... não, um cinto... quero dizer... perdoe-me! — acrescentou assustadíssima, pois Humpty Dumpty parecia extremamente ofendido e ela começou a desejar não ter escolhido aquele assunto.

"Se eu conseguisse distinguir e entender qual parte é o pescoço e qual parte é a barriga!"pensou consigo.

Era evidente que Humpty Dumpty estava muito zangado, embora não tenha dito nada por um minuto ou dois. Quando falou de novo, foi num sussurro que mais parecia um rosnado rouco:

— É uma... coisa extremamente... irritante — disse por fim —, que uma pessoa não saiba distinguir uma gravata de um cinto!

— Sei que é muita ignorância minha — disse Alice, num tom tão humilde que Humpty Dumpty abrandou.

— É uma gravata, criança, e uma bela gravata, como você diz. Foi um presente do Rei e da Rainha Brancos. Certo?

— Foi mesmo? — perguntou Alice, muito contente ao perceber que o assunto não foi tão má escolha, afinal.

— Deram-me a gravata — Humpty Dumpty continuou, pensativo, enquanto cruzava os joelhos e punha as mãos em volta deles —, deram-me... como um presente de "desaniversário".

— Perdão? — Alice perguntou, perplexa.

— Não estou ofendido — disse Humpty Dumpty.

— Quero dizer, o que é um presente de "desaniversário"?

— Um presente dado quando não é seu aniversário, é claro.

Alice refletiu um pouco. — Gosto mais de presentes de aniversário. — disse, por fim.

— Não sabe do que está falando! — exclamou Humpty Dumpty. — Quantos dias há no ano?

— Trezentos e sessenta e cinco — disse Alice.

— E quantos aniversários você faz?

— Um.

— E se diminui um de trezentos e sessenta e cinco, resta quanto?

— Trezentos e sessenta e quatro, claro.

Humpty Dumpty pareceu duvidar.

— Preferiria ver essa conta no papel — disse.

Alice não pôde conter um sorriso enquanto pegava sua caderneta e armava a subtração para ele.

Humpty Dumpty pegou a caderneta e examinou-a atentamente.

— Parece estar correto... — começou.

— Está segurando de cabeça para baixo! — Alice interrompeu.

— Claro que estou! — Humpty Dumpty disse alegremente, enquanto Alice a desvirava para ele. — Pareceu-me um pouco estranho. Como eu ia dizendo, parece estar correto — embora eu não tenha examinado o cálculo a fundo neste instante — e isso mostra que há trezentos e sessenta e quatro dias em que você poderia ganhar presentes de "desaniversário"...

— Sem dúvida — disse Alice.

— E só um para ganhar presentes de aniversário, entende? É a glória para você!

— Não sei o que quer dizer com "glória" — disse Alice.

Humpty Dumpty sorriu, desdenhoso.

— Claro que não sabe... até que eu lhe diga. Quero dizer "é um belo e demolidor argumento para você!"

— Mas "glória" não significa "um belo e demolidor argumento" — Alice objetou.

— Quando eu uso uma palavra — disse Humpty Dumpty num tom bastante desdenhoso —, ela significa exatamente o que quero que signifique: nem mais nem menos.

— A questão é — disse Alice —, se o senhor pode fazer as palavras significarem tantas coisas diferentes.

— A questão — disse Humpty Dumpty —, é saber quem vai mandar, só isto.

Alice estava perturbada demais para dizer o que quer que fosse, de modo que, após um minuto, Humpty Dumpty recomeçou:

— São temperamentais... em particular os verbos, são os mais orgulhosos... com os adjetivos pode-se fazer qualquer coisa, mas não com os verbos... contudo, sei manejar todos! Impenetrabilidade! É o que eu digo!

— Poderia me dizer, por favor — disse Alice —, o que isso significa?

— Agora está falando como uma criança sensata — disse Humpty Dumpty, satisfeito. — Quero dizer com "impenetrabilidade" que já nos fartamos deste assunto e que seria muito bom se você mencionasse o que pretende fazer em seguida, já que presumo que não pretende ficar aqui pelo resto da sua vida.

— É um bocado para fazer uma palavra significar algo, ter sentido — disse Alice, pensativa.

— Quando faço uma palavra trabalhar tanto assim — disse Humpty Dumpty —, sempre lhe pago um adicional.

— Oh! — disse Alice. Estava perplexa demais para fazer qualquer outra observação.

— Ah, precisava vê-las vindo me visitar num sábado à noite — Humpty Dumpty continuou balançando a cabeça de um lado para outro —, para receber seus salários, sabe?

(Alice não se atreveu a perguntar com o que as pagava; por isso não posso te contar.)

— Parece muito habilidoso para explicar palavras, Senhor — disse Alice. — Faria a gentileza de me dizer o significado do poema chamado "Pargarávio"?

— Vamos ouvi-lo — disse Humpty Dumpty. — Posso explicar todos os poemas que já foram inventados e muitos que ainda não o foram.

Como isso soava muito promissor, Alice citou a primeira estrofe:

*Solumbrava, e os lubriciosos touvos*
*em vertigiros persondavam as verdentes;*
*Trisciturnos calavam-se os gaiolouvos*
*e os porverdidos estriguilavam fientes.*

— Isso basta para darmos início — Humpty Dumpty interrompeu-a —, há um bocado de palavras difíceis aí. "Solumbrava" quer dizer que a tarde caía: é aquela hora em que o sol vai baixando e as sombras se alongam.

— Entendi direitinho — disse Alice. — E lubriciosos?

— Bem, "lubriciosos" significa lúbricos, que é o mesmo que escorregadios, e operosos, ágeis. Entende, é uma palavra-valise... há dois sentidos embalados numa palavra só.

— Agora entendo — Alice comentou pensativa —; e o que são "touvos"?

— Bem, os "touvos" são um tanto parecidos com os texugos... têm um pouco de lagartos... e lembram muito um saca-rolha.

— Devem ser criaturas estranhas.

— E são — disse Humpty Dumpty —, além disso, fazem seus ninhos sob relógios de sol... ah, e se alimentam de queijo.

— E que é "vertigiros" e "persondavam"?

JOHN TENNIEL

— “Vertigiro” é o giro vertiginosamente rápido de uma verruma. “Persondar” é perfurar perscrutando.

— E “verdentes” são os canteiros de grama em volta de um relógio de sol, não é? — disse Alice, surpresa com a própria sagacidade.

— Mas é claro. Chamam-se assim porque ali os gafanhotos cortam a grama...

— Com os dentes — Alice acrescentou.

— Exatamente. Depois, “trisciturno” é triste, taciturno e noturnal (mais uma palavra-valise para você). E “gaiolouvo” é uma ave magricela de aspecto andrajoso com as penas espetadas para todo lado... lembra muito um esfregão vivo.

— E os "porverdidos"? — perguntou Alice. — Estou te dando um trabalhão...

— Bem, "porverdidos" são porcos verdes que perderam o caminho de casa.

— E que significa "estriguilavam"?

— Ora, "estriguilar" é algo entre estridular, guinchar, cricrilar, estrilar e assobiar, com uma espécie de espirro no meio, mas você terá oportunidade de ouvir isso, talvez... no bosque, distante... e quando tiver ouvido uma vez vai ficar completamente satisfeita. Quem andou recitando esta coisa complicada para você?

— Li em um livro — disse Alice. — Mas andaram recitando para mim um pouco de poesia, bem mais fácil que esta... foi o Tweedledee, acho.

— Por falar em poesia, sabe — disse Humpty Dumpty, estendendo uma de suas grandes mãos —, posso recitar poesia melhor que ninguém...

— Oh! Não tenho a menor dúvida! — Alice disse mais que depressa, na esperança de detê-lo.

— A peça que vou recitar — ele continuou sem dar ouvidos ao elogio —, foi inteiramente escrita para seu divertimento.

Achando que, nesse caso, devia realmente ouvi-la, Alice se sentou e disse um "Obrigada" desconsolado.

*No inverno, quando tudo é alvo como leite,*
*canto esta canção só para o seu deleite...*

— Só que não estou cantando — acrescentou.

— Estou vendo — disse Alice.

— Se consegue ver se estou cantando ou não, tem olhos mais penetrantes que a maioria das pessoas — Humpty Dumpty observou severamente. Alice ficou calada.

*Na primavera, quando os bosques verdejam,*
*tentarei lhe dizer o que estes versos ensejam.*

— Muito obrigada — disse Alice.

*No verão, quando é tão longo o dia,*
*talvez você entenda esta melodia;*

*No outono, estando as folhas a tombar,*
*trate de tudo isto no papel registrar.*

— Vou anotar, se conseguir me lembrar — disse Alice.

— Não precisa ficar fazendo comentários — disse Humpty Dumpty —, são desnecessários e me confundem.

*Uma mensagem aos peixes fiz chegar;*
*Expressando-lhes meu desejar.*

*E os peixinhos do mar*
*a resposta me deram sem tardar.*

*Era isto que tinham a dizer:*

*"Isto não podemos, senhor, porque..."*

*— Acho que não estou entendendo muito bem — disse Alice.*

*— Depois fica mais fácil — Humpty Dumpty respondeu.*

*De novo mandei lhes dizer:*
*"Que tratassem de obedecer."*

*A resposta chegou, insolente:*
*"Ora vejam! Que gênio mais quente!"*

*Disse-lhes uma, disse-lhe duas vezes,*
*mas empacaram como reses.*

*Então uma chaleira nova peguei*
*Própria para um fim que engenhei.*

*Meu coração pela boca quis sair*
*Quando a chaleira até a borda enchi.*

*Alguém então me disse, sorrindo:*
*"Psss! Os peixinhos estão dormindo!"*

*Respondi alto, sem pestanejar:*
*"Ah é? Pois trate de os acordar."*

*Falei bem claro, com voz de trovão,*
*e ele ficou ali, como pregado no chão.*

Humpty Dumpty elevou a voz quase berrando enquanto recitava esta estrofe, e Alice pensou com um arrepio:

— Eu não teria sido o mensageiro por nada neste mundo!

*Depois, emproado e atrevido,*
*exclamou: "Não me arrebente o ouvido!"*

*Tão petulante ele era, que disse:*
*"Certo, vou acordá-los, se..."*

*Num saca-rolha então passei a mão*
*e fui eu mesmo acordá-los com decisão.*

*Encontrei, porém a porta trancada,*
*girei a maçaneta, mas nada...*

Fez-se uma longa pausa.

— Acabou? — perguntou Alice, receosa.

— Acabou — disse Humpty Dumpty. — Até logo.

Aquilo era muito brusco, Alice pensou; mas depois de uma insinuação tão forte de que devia ir embora sentiu que não seria educado ficar. Assim, levantou-se e estendeu a mão. "Adeus, até a próxima!" disse no tom mais agradável que pôde.

— Eu não a reconheceria se nós nos encontrássemos — Humpty Dumpty respondeu num tom descontente, dando-lhe um de seus dedos para apertar: — Você é exatamente igual às outras pessoas.

— Em geral é o rosto que conta — Alice observou, pensativa.

— É justamente sobre ele — disse Humpty Dumpty. — Seu rosto é igual ao de todo mundo... os dois olhos, tão... (marcando o lugar deles no ar com o polegar) nariz no meio, boca embaixo. É sempre a mesma coisa. Agora, se você tivesse os dois olhos do mesmo lado do nariz, por exemplo... ou a boca no alto... isso seria mais original.

— Não ficaria bonito — Alice objetou. Mas Humpty Dumpty só fechou os olhos e disse: — Espere até experimentar.

Alice esperou um minuto para ver se ele falaria de novo, mas como não voltou a abrir os olhos nem tomou o menor conhecimento dela, disse "Adeus" mais uma vez e, sem ser respondida, foi-se em silêncio. Mas não pôde deixar de dizer para si mesma ao partir: "De todas as pessoas *insatisfatórias*..." (repetiu isto alto, pois era gostoso ter uma palavra tão comprida para dizer) "de todas as pessoas insatisfatórias que já encontrei..." Nunca terminou a frase, porque nesse momento um enorme estrondo sacudiu o bosque de ponta a ponta.

# CAPÍTULO 7

## O LEÃO E O UNICÓRNIO

Momentos depois surgiram soldados correndo pelo bosque, inicialmente em pares, depois em três, logo em bandos de dez ou vinte, e finalmente em massas volumosas que tomavam toda a floresta. Alice se escondeu atrás de uma árvore, com receio de ser pisoteada, e ficou vendo-os atravessar. Lembrou que em toda a sua vida nunca tinha visto soldados tão estabanados: tropeçavam o tempo todo em uma coisa ou outra, e quando um caía vários outros caíam sobre ele, assim, o chão rapidamente ficou coberto com montinhos de homens... Em seguida vieram os cavalos, que, por terem quatro patas, saíam-se bem melhor que os soldados; mas eles também tropeçavam de vez em quando e parecia ser uma regra geral, sempre que um cavalo tropeçava, o cavaleiro imediatamente caía. O rebuliço piorava a cada momento, e Alice ficou feliz em deixar o bosque, alcançando um descampado, onde encontrou o Rei Branco sentado no chão tomando notas assoberbado em seu bloco de anotações.

— Mandei todos eles! — o Rei exclamou satisfeito, ao ver Alice. — Por acaso encontrou soldados, minha cara, ao cruzar o bosque?

— Encontrei — falou Alice —, milhares, posso dizer.

— Quatro mil duzentos e sete é o número exato — disse o Rei consultando seu bloco.

— Não deu para mandar todos os cavalos, entenda, porque dois deles são necessários para o jogo. Também não mandei os dois Mensageiros. Foram os dois à cidade. Espie a estrada, e diga-me se pode ver algum deles.

— Ninguém à vista — confirmou Alice.

— Só queria ter olhos como os seus — observou o Rei num tom irritado. — Ser capaz de ver Ninguém! E à distância! Pois, o máximo que eu consigo é ver pessoas reais, com esta iluminação!

Alice, absorta, nada ouviu. Ainda estava olhando a estrada, protegendo os olhos da luz com uma das mãos.

— Agora estou vendo alguém! — exclamando. — Mas vem lentamente... e tem um jeito curioso! (o Mensageiro ficava a saltitar e se retorcer como uma enguia o tempo todo enquanto avançava, possuindo grandes mãos abertas como leques de cada lado.)

— Em absoluto — disse o Rei. — É um Mensageiro anglo-saxão... e esses são os modos anglo-saxões. Só os demonstram quando está feliz. Seu nome é Haigha. (Pronunciou-o valorizando o "H".)

— Amo meu amor com um H — Alice não resistiu em ironizar —, porque é Habilidoso. Detesto-o com um H porque é Horroroso. Alimento-o com... com... o peixe Hadoque com pão e Hortaliças. Seu nome é Haigha, e ele reside...

— Reside na Hospedaria — completou ingenuamente o Rei, sem aperceber que estava entrando em um jogo, quando Alice ainda oscilava a respeito dos nomes de cidades começando com H. — O outro mensageiro chama-se Hatta.

— Necessito ter dois... para vir e ir. Um para vir e um para ir.

— Perdão? — indagou Alice.

— Não há o que perdoar — falou o Rei.

— Eu só quis dizer que não havia compreendido — disse Alice. — Por que um para vir e outro para ir?

— Eu não lhe falei? — o Rei repetiu, impaciente. — Tenho de ter dois: para trazer e levar. Um para trazer e um para levar.

O Mensageiro, nesse momento, os alcançou. Mas estava muito esbaforido. Não conseguia dizer qualquer coisa. Só conseguia acenar as mãos e fazer as mais pavorosas caretas para o pobre Rei.

— Esta senhorita o ama com um H — comentou o Rei, apresentando Alice e tratando de desviar de si a atenção do Mensageiro; mas não deu certo... as maneiras anglo-saxãs só ficavam ainda mais estapafúrdias a cada momento, enquanto seus grandes olhos rolavam freneticamente de um lado para outro.

— Está me assustando! — alertou o Rei. — Acho que vou desmaiar... dê-me um hadoque!

Então, o Mensageiro, para grande deleite de Alice, sacou o peixe de uma sacola que trazia enrolada no pescoço e o entregou ao Rei, que o devorou avidamente.

— Mais um hadoque!

— Agora sobraram apenas hortaliças — disse o Mensageiro, espiando pela boca da sacola.

— Hortaliças, pois — sussurrou o Rei regalado.

Alice ficou muito contente ao ver que aquilo o revigorava muito.

— Nada é melhor que comer hortaliças quando se está desfalecendo — observou o Rei para ela, enquanto mastigava.

— Acredito que jogar um pouco de água fria teria bom efeito — sugeriu Alice. — Ou sais.

— Não afirmei que não há nada melhor — ralhou o Rei. — Disse que não há nada como isso. O que Alice não se aventurou a negar.

— Por quem passou na estrada? — prosseguiu o Rei, estendendo a mão para o Mensageiro, pedindo mais hortaliças.

— Ninguém — respondeu o Mensageiro.

— Correto — disse o Rei —, essa mocinha nada viu também. Ocorre, evidentemente, que ninguém anda mais devagar que você.

— Eu faço o que posso — respondeu, chateado, o Mensageiro. — Tenho certeza de que o Ninguém anda muito mais depressa do que eu!

— Não pode andar — retrucou o Rei —, ou teria chegado aqui primeiro. Porém agora você já recobrou o fôlego, então trate de nos contar o que aconteceu na cidade.

— Eu vou cochichar — disse o Mensageiro, fechando as mãos em concha sobre a boca e curvando-se em direção ao ouvido do Rei.

Alice ficou amuada, pois também queria ouvir. No entanto, em vez de sussurrar, o Mensageiro gritou bem alto:

— Começaram de novo!

— Chama isso de cochichar? — gritou o pobre Rei, saltando em um pulo enquanto tremia. — Se repetir isso, vou mandar amanteigá-lo! Afligiu toda a minha cabeça como um terremoto!

— Deve ter sido um terremoto bem pequenininho! — pensou Alice, arriscando-se a perguntar: — Quem começou de novo?

— Óbvio, o Leão e o Unicórnio, naturalmente — resmungou o Rei.

— Lutando pela coroa?

— Sem dúvida — disse o Rei. — E tem graça? Sempre pela minha coroa! Vamos até lá para vê-los.

E partiram. Alice, enquanto corria, repetia para si própria as palavras de uma velha canção:

*O Leão e o Unicórnio pela real coroa pelejaram e apresentaram um bom espetáculo para aqueles que assistiram, presenteando com pão branco, preto e bolo de passas. Até rufar o tambor da expulsão.*

— Aquele... que... vence... fica com a coroa? — perguntou arfando Alice, devido à corrida que a deixava completamente sem fôlego.

— Deus do Céu, não! — bradou o Rei. — Que ideia!

— Vossa Majestade se incomodaria de parar por um minuto... apenas para... recobrarmos um pouco o fôlego?

— Não me incomodaria de forma alguma — esbaforiu o Rei. Falta-me forças, no entanto, um minuto transcorre absurdamente rápido. É como tentar segurar aquela criatura desagradável, um "Capturandam"!

Devido à sua falta de fôlego para falar, Alice seguiu em silêncio correndo com os dois, até que avistaram uma grande multidão, no meio da qual o Leão e o Unicórnio lutavam, levantando uma grande nuvem de poeira, que impedia Alice de identificar quem era quem. Porém, em pouco tempo, ela conseguiu constatar quem era o Unicórnio, devido ao seu chifre.

Puseram-se perto de Hatta, o outro Mensageiro, que estava de pé assistindo à luta com uma xícara de chá numa das mãos e o pedaço de pão com manteiga na outra.

— Ele acabou de sair da prisão e não tinha terminado seu chá quando o chamaram — Haigha cochichou para Alice. — E lá eles só lhes dão conchas de ostras... por isso sentem muita fome e sede. — Como vai você, meu querido? — continuou abraçando afetuosamente o pescoço de Hatta.

Hatta olhou em volta, assentiu com a cabeça, e voltou ao seu pão com manteiga.

— Sentia-se feliz na prisão, meu querido? — perguntou Haigha.

Hatta olhou em volta de novo, e dessa vez uma lágrima ou duas lhe rolaram pela face; mas não disse uma palavra.

— Fale, não pode? — Haigha gritou, impaciente. Mas Hatta só continuou mastigando e tomou mais um pouco de chá.

— Fale, vamos! — gritou o Rei. — Como eles estão se saindo na luta?

Hatta fez um esforço desesperado e engoliu um grande pedaço de pão com manteiga.

— Estão se saindo muito bem — disse numa voz engasgada. — Cada um foi derrubado cerca de oitenta e sete vezes.

— Então, suponho que logo vão trazer o pão branco e o preto. — Alice se atreveu a observar.

— O pão está à espera deles, agora — disse Hatta. — É um pedacinho dele que estou comendo.

Exatamente nesse momento houve uma pausa na luta, e o Leão e o Unicórnio sentaram-se, arfando, enquanto o Rei proclamava:

— Dez minutos para a merenda!

Haigha e Hatta puseram mãos à obra imediatamente, trazendo bandejas redondas cheias de pão branco e preto. Alice pegou um pedaço para experimentar, mas era muito seco.

— Acho que não vão lutar mais hoje — o Rei disse a Hatta. — Vá e mande que os tambores comecem. E lá se foi Hatta, saltitando como um gafanhoto.

Por um minuto ou dois, Alice ficou calada, observando-o. De repente, iluminou-se:

— Vejam, vejam! — exclamou, apontando animada: — Lá vai a Rainha Branca, correndo pelos campos! Veio voando daquele bosque... Como essas Rainhas correm rápido!

— Há algum inimigo em seu encalço, certamente — disse o Rei, sem nem mesmo olhar em volta. — Esse bosque está cheio deles.

— Mas não vai correr para ajudá-la? — Alice perguntou, muito surpresa com a calma que mantinha.

— É inútil, inútil! — disse o Rei. — Ela corre terrivelmente depressa. Seria o mesmo que tentar agarrar um "Capturandam"! Mas vou fazer uma anotação sobre ela, se você quiser... É uma boa e querida pessoa — repetiu suavemente para si mesmo, enquanto abria seu bloco de anotações. — "Pessoa" se escreve com cedilha?

Nesse momento, o Unicórnio passou perambulando por eles, com as mãos nos bolsos.

— Levei a melhor desta vez? — perguntou ele ao Rei, lançando-lhe só um olhar de relance.

— Um pouco... um pouco — o Rei respondeu, bastante nervoso. — Mas não devia tê-lo atravessado com seu chifre.

— Não o machucou — disse o Unicórnio, negligentemente, e estava se afastando quando deu com os olhos em Alice: fez meia-volta no mesmo instante e ficou olhando para ela um longo tempo, aparentando o mais profundo desagrado.

— O que... é... isso? — disse finalmente.

— Isto é uma criança! — Haigha respondeu animadamente, passando à frente de Alice para apresentá-la, esticando as duas mãos bem abertas em direção a ela com suas maneiras anglo-saxãs. — Nós só a encontramos hoje: tamanho real e duas vezes mais natural.

— Sempre achei que elas eram monstros fabulosos! — disse o Unicórnio. — É viva?

— Sabe falar — disse Haigha, solenemente.

O Unicórnio lançou para Alice um olhar sonhador e disse:

— Fale, criança.

Alice não conseguiu conter um sorriso ao começar:

— Sabe, sempre pensei que os Unicórnios eram monstros fabulosos também! Nunca vi um vivo antes.

— Bem, agora que nos vimos um ao outro — disse o Unicórnio — Se acreditar em mim, acreditarei em você. Feito?

— Feito, se lhe agrada — disse Alice.

— Vamos, vá buscar o bolo de passas, meu velho! — continuou o Unicórnio, voltando-se para o Rei. — Não me venha com pão preto!

— Certamente... certamente! — murmurou o Rei, e acenou para Haigha. — Abra a sacola! — sussurrou. — Rápido! Essa não... está cheia de húmus.

Haigha tirou um grande bolo de dentro do saco e deu a Alice para segurar, enquanto tirava um prato e uma faca de trinchar. Como tudo aquilo pôde sair dali, Alice não tinha a menor ideia. Era uma espécie de mágica, pensou.

Nesse meio-tempo, o Leão se juntou a eles. Parecia muito cansado e sonolento, e tinha os olhos semicerrados.

— O que é isso? — disse, lançando um olhar preguiçoso para Alice e falando num tom cavernoso que soava como o badalar de um grande sino.

— Ah, e então? O que é isso? — o Unicórnio exclamou, animado. — Nunca vai adivinhar! Eu não consegui.

O Leão olhou para Alice enfadado.

— Você é animal... vegetal... ou mineral? — disse, bocejando entre uma palavra e outra.

— É um monstro fabuloso! — o Unicórnio gritou, antes que Alice pudesse responder.

— Então sirva o bolo de passas, Monstro — disse o Leão, deitando-se e pousando o queixo sobre as patas. — E sentem-se, vocês dois! (para o Rei e o Unicórnio). Jogo limpo com o bolo, veja lá!

O Rei estava evidentemente bastante constrangido por ter de se sentar entre aquelas duas criaturas, mas não havia outro lugar para ele.

— Que luta poderíamos ter pela coroa agora! — disse o Unicórnio, olhando dissimuladamente para a coroa, que o pobre Rei, de tanto que tremia, estava prestes a arremessar fora da cabeça.

— Eu venceria facilmente — disse o Leão.

— Não estou tão certo disso — disse o Unicórnio.

— Ora, eu o bati pela cidade inteira, seu frangote! — o Leão respondeu furioso, quase se erguendo ao falar.

Nessa altura o Rei os interrompeu, para impedir que a briga fosse adiante; estava muito nervoso e sua voz tremia:

— Por toda a cidade? — disse. — É muito chão. Passaram pela ponte velha, ou pelo mercado? A melhor vista é a que se tem da ponte velha.

— Não tenho ideia — rosnou o Leão —, deitando-se de novo. — Havia poeira demais para se ver qualquer coisa. Mas quanto tempo esse Monstro leva para cortar esse bolo!

Alice se sentara à margem de um riachinho, com o grande prato sobre os joelhos, e serrava o bolo diligentemente com a faca.

— Isso é muito irritante! — falou em resposta ao Leão (estava ficando perfeitamente acostumada a ser chamada de "o Monstro"). — Já cortei várias fatias, mas elas sempre se juntam de novo!

— Você não sabe lidar com bolos do Espelho — observou o Unicórnio. — Primeiro sirva-o e depois corte-o.

Parecia absurdo, mas Alice levantou-se muito obedientemente e passou o prato pela roda, e quando o fez o bolo se dividiu a si mesmo em três pedaços.

— Agora corte-o — disse o Leão quando ela voltou para o seu lugar com o prato vazio.

— Isso não foi justo! — gritou o Unicórnio quando Alice se sentava com a faca na mão, muito embaraçada quanto à maneira de começar. — O Monstro deu para o Leão duas vezes mais do que para mim!

— De qualquer maneira, não guardou nada para si mesma — disse o Leão. — Gosta de bolo de passas, Monstro?

Mas antes que Alice pudesse responder, os tambores começaram. De onde vinha o barulho, ela não conseguia distinguir: o ar parecia repleto dele, e ressoava em toda a sua cabeça até deixá-la completamente surda. Aterrorizada, levantou-se de um pulo e saltou o riachinho, e só teve tempo de ver o Leão e o Unicórnio se levantarem, parecendo furiosos por terem seu banquete interrompido, antes de cair de joelhos e tapar os ouvidos com as mãos, tentando em vão calar a medonha barulheira.

"Se esse 'toque de tambor' não os expulsar da cidade", pensou ela, "nada o fará!"

# CAPÍTULO 8

## “É UMA INVENÇÃO MINHA”

Passado um certo tempo, o barulho pareceu desaparecer pouco a pouco, até que tudo mergulhou em profundo silêncio, e Alice levantou a cabeça, um pouco assustada. Não havia ninguém à vista e seu primeiro pensamento foi que devia ter sonhado com o Leão e o Unicórnio e aqueles esquisitos Mensageiros anglo-saxões. No entanto, o enorme prato em que havia tentado cortar o bolo de passas ainda estava a seus pés. "Então eu não estava sonhando, afinal de contas", disse para si mesma, "a menos... a menos que sejamos todos integrantes do mesmo sonho. Só espero que o sonho seja meu, e não do Rei Vermelho! Não gosto de pertencer ao sonho de outra pessoa", resmungou. "Sinto uma enorme vontade de ir acordá-lo e ver o que acontece!"

Nesse instante, seus pensamentos foram interrompidos por um grito alto de "Olá! Olá! Xeque!", e um Cavaleiro envergando uma

armadura carmesim veio galopando na direção dela, brandindo uma grande clava. Assim que a alcançou, o cavalo parou de repente.

— Você é minha prisioneira! — gritou o Cavaleiro, enquanto caía do cavalo.

Espantada, Alice ficou com mais medo por ele do que por si própria naquele instante, e observou-o com certa aflição enquanto montava de novo. Assim que se instalou confortavelmente na sela, ele recomeçou:

— Você é minha...

Mas, nesse momento, uma outra voz se fez ouvir.

— Olá! Olá! Xeque!

Alice olhou em volta um tanto surpresa, à procura do novo inimigo.

Desta vez era o Cavaleiro Branco. Parou ao lado de Alice, e caiu do cavalo exatamente como o Cavaleiro Vermelho fizera; em seguida se levantou e os dois Cavaleiros se encararam por algum tempo sem falar. Alice olhava de um para outro, um tanto atordoada.

— Ela é minha prisioneira, saiba! — disse por fim o Cavaleiro Vermelho.

— Certo, mas nesse caso, eu vim ao resgate! — respondeu o Cavaleiro Branco.

— Bem, então temos de lutar por ela — disse o Cavaleiro Vermelho, pegando o elmo (que estava pendurado na sela e cuja forma lembrava a cabeça de um cavalo) e colocando-o na cabeça.

— Vai respeitar as Regras de Batalha, não? — observou o Cavaleiro Branco, pondo seu elmo também.

— Sempre respeito — disse o Cavaleiro Vermelho, e começaram a se bater com tal fúria que Alice foi para trás de uma árvore para escapar dos golpes.

"O que eu queria saber agora é quais são as Regras de Batalha", disse para si mesma enquanto observava a luta, espiando timidamente do seu esconderijo. "Uma Regra parece ser que, se um Cavaleiro atinge o outro, ele o derruba do seu cavalo, e, se erra o golpe, ele mesmo cai... e outra, parece que seguram as clavas com os braços, como se fossem marionetes... Que barulho fazem quando caem! Parece que todos os atiçadores estão caindo de uma vez sobre o guarda-fogo! E como os cavalos são mansos! Deixam que montem e desmontem como se fossem mesas!"

Outra Regra de Batalha, que Alice não percebeu, parecia ser que sempre caíam de cabeça, e a batalha terminou com ambos caindo dessa maneira, lado a lado. Quando se levantaram, apertaram-se as mãos e, em seguida, o Cavaleiro Vermelho montou e partiu a galope.

— Foi uma vitória gloriosa, não? — disse o Cavaleiro Branco, aproximando-se ofegante.

— Não sei — disse Alice, hesitante. — Não quero ser prisioneira de ninguém. Quero ser uma Rainha.

— E será, quando tiver atravessado o próximo riacho — disse o Cavaleiro Branco. "Vou levá-la em segurança até a orla do bosque... e depois tenho de voltar. É o fim do meu movimento.

— Muito obrigada — disse Alice. — Posso ajudá-lo a tirar o elmo?

JOHN TENNIEL

Evidentemente aquilo era demais para ele fazer sozinho; mas finalmente ela conseguiu livrá-lo do apetrecho.

— Assim fica mais fácil respirar — disse o Cavaleiro, jogando seu cabelo desgrenhado para trás com as mãos e voltando para Alice seu rosto bondoso e seus olhos grandes e meigos. Ela pensou que nunca tinha visto um soldado tão estranho em toda a sua vida.

Ele vestia uma armadura de lata, que parecia lhe servir muito mal, e presa entre os ombros tinha uma caixinha de pinho de formato esquisito, de cabeça para baixo e com a tampa pendendo, aberta. Alice ficou muito curiosa...

— Vejo que está admirando minha caixinha — disse o Cavaleiro em tom amigável. — É uma invenção minha... para guardar roupas e sanduíches. Como vê, carrego-a de cabeça para baixo, assim não entra chuva.

— Mas as coisas podem sair — Alice observou gentilmente. — Sabe que a tampa está aberta?

— Não sabia — disse o Cavaleiro murchando o rosto. — Nesse caso, todas as coisas devem ter caído. E a caixa é inútil sem elas.

Desprendeu-a enquanto falava e estava prestes a jogá-la entre as moitas quando teve uma repentina ideia: pendurou a caixinha cuidadosamente numa árvore.

— Consegue adivinhar por que fiz isso? — perguntou a Alice.

Ela sacudiu a cabeça.

— Na esperança de que abelhas possam fazer sua colmeia aí... nesse caso eu teria o mel.

— Mas o senhor já tem uma colmeia... ou coisa parecida... pendurada na sela — disse Alice.

— É verdade, é uma ótima colmeia — disse o Cavaleiro, insatisfeito. — Da melhor qualidade. Mas até agora nem uma única abelha chegou perto dela. E a outra coisa é uma ratoeira. Suponho que os ratos afugentam as abelhas... ou são as abelhas que afugentam os ratos, não sei ao certo.

— Eu estava pensando para que servia a ratoeira — disse Alice. — Não é muito provável que um rato apareça no dorso de um cavalo.

— Não muito provável, talvez — disse o Cavaleiro —, mas, se aparecerem, prefiro que não fiquem correndo por aí.

— Sabe — continuou, após uma pausa —, o melhor é estar preparado para tudo. É por isso que o cavalo tem todos esses grilhões em volta das patas.

— Mas para que servem? — Alice perguntou com grande curiosidade.

— Para proteger contra mordidas de tubarões — o Cavaleiro respondeu. — É uma invenção minha. E agora ajude-me a montar. Vou com você até o fim do bosque. Para que é este prato?

— Era para um bolo de passas — respondeu Alice.

— Melhor levá-lo conosco — disse o Cavaleiro. — Vai que encontrarmos algum bolo de passas. Ajude-me a guardá-lo neste saco.

Essa operação exigiu um longo tempo, embora Alice segurasse o saco aberto com muito cuidado, tal foi a atrapalhação do Cavaleiro para enfiar nele o prato: nas primeiras duas ou três vezes em que tentou, ele próprio caiu no saco.

— Ficou bastante apertado, como vê — disse o Cavaleiro quando finalmente conseguiram colocar o prato dentro. — Há uma quantidade tão grande de castiçais no saco.

E pendurou-o na sela, que já estava carregada com molhos de cenouras, atiçadores e muitas outras coisas.

— Espero que seu cabelo esteja muito bem preso — ele continuou, ao partirem.

— Apenas como o uso sempre — Alice disse, sorrindo.

— Isso não vai ser suficiente — ele disse, aflito. — Sabe, o vento é muito forte aqui. É forte como sopa.

— Inventou algum truque para impedir o cabelo de esvoaçar? — Alice perguntou.

— Ainda não — disse o Cavaleiro. — Mas tenho um truque para impedir que caia.

— Gostaria muito de ouvi-lo, muito mesmo.

— Primeiro você pega uma vara reta — disse o Cavaleiro. — Depois faz o seu cabelo ir trepando por ela acima, como uma árvore frutífera. Ora, os cabelos caem porque estão pendurados para baixo... as coisas nunca caem para cima, sabe? O método é uma invenção minha. Pode experimentar, se quiser.

"Não parece muito conveniente", pensou Alice, e por alguns minutos caminhou em silêncio, ruminando a ideia, e parando vez por outra para ajudar o pobre Cavaleiro, cujo forte com certeza não era a equitação.

Sempre que o cavalo empacava (o que fazia com muita frequência), ele caía para a frente; e sempre que recomeçava a andar (o que em geral fazia de maneira bastante brusca), ele caía para trás. Afora isso, cavalgava bem, excluindo o fato de cair de lado de vez em quando, e como geralmente era para o lado em que Alice estava andando, ela logo descobriu que o melhor método era não andar muito perto do cavalo.

— Parece-me que não tem muita prática de cavalgar — arriscou-se a dizer, enquanto o ajudava a se levantar do seu quinto tombo.

O Cavaleiro pareceu surpreso e um pouco ofendido com a observação.

— Por que diz isso? — perguntou ao se aboletar de novo na sela, agarrando o cabelo de Alice com uma mão para evitar cair para o outro lado.

— Porque as pessoas não caem tanto quando têm muita prática.

— Tenho bastante prática — disse o Cavaleiro, muito gravemente —, bastante prática!

Alice não achou nada melhor para dizer que "É mesmo?", mas o fez da maneira mais entusiástica que pôde. Depois disso seguiram em silêncio por um pequeno trecho, o Cavaleiro com os olhos fechados, resmungando consigo mesmo, e Alice aflita, alerta para o próximo tombo.

— A nobre arte da equitação — começou o Cavaleiro de repente, falando alto, acenando o braço direito enquanto o fazia — está em manter... Aqui a frase terminou, tão subitamente quanto começara, pois o Cavaleiro desabou de cabeça bem na trilha em que Alice estava andando.

Dessa vez ela ficou muito apavorada, e disse num tom agoniado, enquanto o erguia:

— Espero que não tenha quebrado nenhum osso!

— Nenhum que valha a pena mencionar — disse o Cavaleiro, como se não se importasse de quebrar uns dois ou três. — A nobre arte da equitação, como eu ia dizendo, está... em manter o equilíbrio adequadamente. Assim, sabe...

Soltou a rédea e estendeu os dois braços para mostrar a Alice o que tinha em mente, e dessa vez caiu de costas, bem debaixo das patas do cavalo.

— Bastante prática! — continuou repetindo, durante todo o tempo em que Alice tentava pô-lo novamente de pé. — Bastante prática!

— É absurdo demais! — exclamou Alice, perdendo toda a paciência dessa vez. — Deveria ter um cavalo de pau, com rodinhas, isso sim!

— Esse tipo tem uma andadura suave? O Cavaleiro perguntou com grande interesse, abraçando o pescoço do cavalo enquanto falava, justo a tempo de escapar de mais um trambolhão.

— Muito mais suave que a de um cavalo vivo — disse Alice, soltando uma risadinha apesar de todo o seu esforço para contê-la.

— Vou arranjar um — disse o Cavaleiro pensativamente. — Um ou dois... vários.

Em seguida fez-se um breve silêncio e depois o Cavaleiro recomeçou:

— Tenho muito pendor para inventar coisas. Certamente você percebeu, da última vez que me levantou, que eu parecia bastante pensativo, não?

— Estava um pouco sério — disse Alice.

— Bem, exatamente naquele instante estava inventando uma nova maneira de passar por cima de uma porteira... gostaria de ouvi-la?

— Gostaria sim, muito — disse Alice com polidez.

— Vou lhe contar como a ideia me ocorreu — disse o Cavaleiro. — Sabe, eu disse para mim mesmo: "A única dificuldade é com os pés, pois a cabeça já está numa altura suficiente". Ora, primeiro ponho a cabeça sobre a porteira, afinal a cabeça já está numa altura suficiente, depois planto uma bananeira. Assim, os pés chegam a uma altura suficiente. Pronto. Já estou do outro lado.

— Sim, suponho que estaria do outro lado depois disso — disse Alice, pensativa —, mas não acha que seria um pouco difícil?

— Como ainda não experimentei — disse gravemente o Cavaleiro —, não posso lhe dizer ao certo... mas temo que seria um pouquinho difícil.

Pareceu tão contrariado com a ideia que Alice mudou de assunto rapidamente. — Que elmo curioso, o seu! — disse alegremente. — É invenção sua também?

Com orgulho, o Cavaleiro olhou para seu elmo, pendurado na sela. — É — respondeu —, mas inventei um melhor que este... parecido com um pão de açúcar. Quando o usava, se caía do cavalo, ele tocava o chão num instante. Assim eu tive uma queda muito curta, entende? Mas havia o perigo de cair dentro dele, sem dúvida. Isso me aconteceu uma vez... e o pior da história foi que, antes que eu conseguisse sair dali, o outro Cavaleiro Branco chegou e pôs o elmo na cabeça. Pensou que fosse o dele.

O Cavaleiro falava daquilo com tanta solenidade que Alice não se atreveu a rir.

— Receio que o tenha machucado — disse numa voz trêmula —, ficando no cocuruto dele.

— Tive de chutá-lo, é claro — disse o Cavaleiro, muito sério. — Então ele tirou o elmo de novo... mas levaram horas e horas para me tirar. Eu estava engasgado lá como se tivesse um osso na garganta.

— Mas são dois tipos diferentes de engasgo — Alice objetou.

O Cavaleiro sacudiu a cabeça.

— Comigo, eram engasgos de todo tipo, posso lhe garantir! — disse. Ergueu as mãos num certo arrebatamento ao dizer isso, e instantaneamente rolou da sela e caiu de cabeça num fosso fundo.

Alice correu para a borda do fosso para procurá-lo. Estava muito espantada com a queda, pois por algum tempo ele se saíra

muito bem, e temia que dessa vez estivesse realmente machucado. Contudo, embora só pudesse ver as solas dos seus sapatos, ficou muito aliviada ao ouvi-lo falar no tom habitual:

— Todos os tipos de engasgo — ele repetiu —, mas foi negligência dele pôr o elmo de outro homem... com o homem dentro, ainda por cima.

— Como consegue continuar falando tão calmamente de cabeça para baixo? — Alice perguntou, enquanto o puxava pelos pés e o deitava num monte na borda do fosso.

O Cavaleiro pareceu surpreso com a pergunta.

— Que me importa onde está o meu corpo? — disse. — Minha mente continua trabalhando do mesmo jeito. Na verdade, quanto mais de cabeça para baixo estou, mais invento coisas novas.

— Veja, a coisa mais engenhosa desse tipo que já fiz — continuou, após uma pausa —,foi inventar um novo pudim enquanto a carne estava sendo servida.

— A tempo de tê-lo assado para ser o prato seguinte? — disse Alice. — Puxa, foi um trabalho rápido, com certeza.

— Bem, não para ser o prato seguinte — disse o Cavaleiro numa voz lenta, pensativa. — Não, certamente não para ser o prato seguinte. Nesse caso, teria de ser para o dia seguinte. Suponho que não comeria dois pudins num jantar só?

— Bem, não para o dia seguinte — o Cavaleiro repetiu como antes —; não para o dia seguinte. — Na verdade — prosseguiu, mantendo a cabeça baixa e com uma vozinha cada vez mais fraca —, não

acredito que o pudim tenha sido algum dia assado! Na verdade, não acredito que o pudim vá ser assado algum dia! E, no entanto, foi uma invenção muito engenhosa.

— De que ele seria feito? — Alice perguntou na esperança de animá-lo, pois o pobre Cavaleiro parecia abatido com aquilo.

— Começava com mata-borrão — o Cavaleiro respondeu com um gemido.

— Temo que isso não seja muito gostoso...

— Não muito gostoso sozinho — ele interrompeu, muito impaciente. — Mas não faz ideia da diferença que faz se misturado com outras coisas... como pólvora e lacre. E neste ponto devo deixá-la. Tinham acabado de chegar à orla do bosque.

Alice só pôde ficar perplexa pensando no pudim.

— Parece triste — disse o Cavaleiro, aflito. — Deixe-me cantar uma canção para consolá-la.

— É muito comprida? — Alice perguntou, porque já tinha ouvido um bocado de poesia aquele dia.

— É comprida — disse o Cavaleiro —, mas muito, muito bonita. Todos os que me ouvem cantá-la... ficam com lágrimas nos olhos, ou...

— Ou o quê? — quis saber Alice, pois o Cavaleiro fez uma súbita pausa.

— Ou não, é claro. O nome da canção é chamado "Olhos de hadoque".

— Oh, esse é o nome da canção, não é? — disse Alice, tentando se interessar.

— Não, você não entendeu — disse o Cavaleiro, um pouco irritado. — É assim que o nome é chamado. O nome na verdade é "O velho homem velho".

— Nesse caso eu devia ter perguntado: "É assim que a canção é chamada?" — corrigiu-se Alice.

— Não, não devia: isso é completamente diferente! A canção é chamada "Modos e Meios", mas isso é só como é chamada, entende?

— Bem, então qual é a canção? — perguntou Alice, que a essa altura estava completamente atordoada.

— Estava chegando lá — disse o Cavaleiro. — A canção é realmente *"Sentado na porteira":* e a melodia é uma invenção minha.

Assim dizendo, parou seu cavalo e soltou as rédeas sobre o pescoço dele; depois, marcando o compasso lentamente com a mão, e com um sorriso bobo iluminando-lhe o rosto bondoso e amalucado, como se gostasse da música de sua canção, começou a cantar.

De todas as coisas estranhas que Alice viu em sua viagem através do Espelho, esta foi a de que sempre se lembraria mais nitidamente. Anos depois seria capaz de evocar toda a cena, como se tivesse acontecido na véspera: os meigos olhos azuis e o sorriso gentil do Cavaleiro... a luz do poente cintilando através do cabelo dele, e iluminando sua armadura num esplendor de luz que a deixava inteiramente ofuscada... o cavalo andando calmamente em volta, com as rédeas pendendo soltas do pescoço, mordiscan-

do o capim a seus pés... e as sombras negras do bosque ao fundo... Tudo isso ela absorveu como um quadro, quando, com uma mão protegendo os olhos, encostou-se numa árvore, observando o estranho par e ouvindo, como num sonho, a música triste da canção.

"Mas a melodia não é invenção dele", disse para si mesma, "é 'Eu lhe darei tudo, mas não posso dar'." Ficou quieta e ouviu com muita atenção, mas nenhuma lágrima lhe veio aos olhos.

*Nada vou lhe esconder,*
*não há muito a ser contado.*
*Vi um dia um ancião,*
*numa porteira sentado.*

*"Quem é você, meu bom velho?"*
*Eu disse, "E como fatura um trocado?"*
*Mas à resposta não dei ouvidos,*
*em outros pensamentos ocupado.*

*Ele disse, "Caço as borboletas*
*que dormem no meio do trigo,*
*com elas faço costeletas,*
*Que vendo depois aos gritos.*
*Vendo-as para os estafetas,*
*sempre a correr afobados*
*e assim ganho o meu pão...*
*pois nunca vendo fiado."*

*Mas eu pensava então num plano*
*de pintar de verde minhas suíças,*
*Depois, usar sempre um abano*
*pra impedir que fossem vistas.*
*Assim, não tendo resposta*

*para o que o velho dizia, gritei:*
*"E como fatura um trocado?"*
*E uma paulada no coco lhe dei.*

*Com voz suave, ele retomou seu relato,*
*disse: "Sou um homem muito teimoso,*
*e quando acaso encontro um regato,*
*boto-lhe fogo no ato;*
*Com isso fazem uma pomada,*
óleo de *Macássar de Rowland é chamada...*
*Mas para mim, no arranjo todo,*
*sobram dois centavos e mais nada."*

*Enquanto isso eu pensava como se poderia*
*viver só comendo grude,*
*e ir assim, dia a dia,*
*ganhando peso e saúde.*
*Dei um sacolejo no velho, de lado a lado,*
*até vê-lo ficar com o rosto azulado:*
*"Então, como fatura um trocado?"*
*Gritei, "Vamos, dê seu recado!"*

*Ele disse: "Caço olhos de hadoque*
*no meio do brejo ventoso,*
*Deles faço botões de fraque,*
*à noite, quando tudo é silencioso.*
*E esses não vendo por prata*
*tampouco por ouro lustroso,*
*mas por meio pêni de cobre,*
*a dúzia, se está curioso."*

*"Às vezes escavo à busca de bolachas,*
*ou uso visco para pegar caranguejos;*
*Às vezes examino colinas baixas*

*em busca de rodas, bancos e molejos.*
*E é assim" (piscou um olho)*
*"Que minha fortuna provejo...*
*E muito prazer teria em brindar*
à sua saúde e ao seu bem-estar."

*Dessa vez eu o ouvi, pois meu plano,*
*eu já o terminara inteirinho:*
*Como proteger pontes da ferrugem*
*ferventando-as no vinho.*
*Agradeci-lhe muito por me contar*
*sua maneira de fortuna acumular.*
*Mas sobretudo pelo desejo expressado*
*de beber ao meu bom estado.*

*E agora, se por acaso no grude*
*enfio o meu dedo*
*ou loucamente meto um pé*
*direito num sapato esquerdo,*
*ou se por outra razão me*
*atrapalho ou me excedo,*
*choro, pois isso me faz lembrar*
*aquele velhinho e seus segredos.*
*Cujo rosto era brando e a fala mansa,*
*cuja cabeça era como a neve mais branca,*
*que lembrava uma gralha e uma criança,*
*que tinha olhos de brasa, incandescentes,*
*que parecia sofrido após suas andanças,*
*que balançava o corpo, indolente,*
*e murmurava baixinho, dentes serrados,*
*como se tivesse a boca cheia de melado,*
*Que resfolegava como um cão danado...*
*naquela tarde de verão, tão fagueira,*
*sentado numa porteira.*

Ao cantar as últimas palavras da balada, o Cavaleiro empunhou as rédeas e virou a cabeça do seu cavalo para a estrada pela qual tinham vindo.

— Você só precisa andar alguns metros — disse —, morro abaixo e transpor aquele riachinho, e então será uma Rainha... Mas antes vai ficar e me ver partir? — acrescentou, quando Alice se virou muito animada para a direção que apontou. — Não vou demorar. Vai esperar e acenar com seu lenço quando eu chegar àquela curva da estrada? Acho que isso me daria coragem, sabe.

— Claro que vou esperar — disse Alice —, e muito obrigada por ter vindo tão longe... e pela canção... gostei muito dela.

— Espero — disse o Cavaleiro, sem muita convicção. — Mas não chorou tanto quanto pensei que choraria.

Assim, apertaram-se as mãos e em seguida o Cavaleiro rumou lentamente para o interior do bosque. "Não vou demorar muito para vê-lo cair, tenho certeza", Alice disse de si para si. "Pronto! Bem de ponta cabeça, como de costume! No entanto, monta de novo com muita facilidade... isso porque tem tantas coisas penduradas em torno do cavalo..." Assim ficou falando consigo mesma, enquanto olhava o cavalo a marchar pachorrento pela estrada e o Cavaleiro a levar trambolhões, primeiro de um lado, depois do outro. Após o quarto ou quinto tombo ele chegou à curva, e então ela acenou com seu lenço e esperou até que sumisse de vista.

— Espero que isso o tenha encorajado — disse, enquanto se virava para correr morro abaixo. — E agora para o último riacho, e ser uma Rainha! Como soa grandioso! Alguns poucos passos a levaram à beira do riacho. — Finalmente a Oitava Casa! — gritou, enquanto o transpunha num salto, e se jogou para descansar

num gramado macio como musgo, com pequenos canteiros de flores salpicados aqui e ali. — Oh, como estou contente por estar aqui! E o que é isso na minha cabeça? — exclamou assombrada ao erguer as mãos e pegar algo muito pesado e bem ajustado em volta da sua cabeça.

"Mas como isso pode ter vindo parar aqui sem que eu percebesse?", pensou, enquanto a erguia e a punha no colo para tentar entender como aquilo fora possível.

Era uma coroa de ouro.

# CAPÍTULO 9

## RAINHA ALICE

JOHN TENNIEL

— Mas isso é magnífico! — exclamou Alice. — Nunca achei que seria Rainha tão cedo... e, vou lhe dizer uma coisa, Majestade — continuou num tom severo (sempre gostava muito de ralhar consigo mesma) —, não convém de maneira alguma você estar esparramada na grama desse jeito! Rainhas devem ter dignidade!

Assim, levantou-se e andou por ali, muito empertigada a princípio, como se temesse que a coroa pudesse cair; mas tranquilizou-se com a ideia de que não havia ninguém para vê-la.

— E se sou realmente uma Rainha — disse ao se sentar de novo —, serei capaz de conduzir isso muito bem com o tempo.

Tudo estava acontecendo de maneira tão esquisita que Alice não ficou nem um pouquinho surpresa ao se deparar com a Rainha Vermelha e a Rainha Branca sentadas perto dela, uma de cada lado: teria gostado muito de perguntar a elas como tinham chegado ali, mas receou que isso não fosse muito cortês. Mas não haveria nenhum mal, pensou, em perguntar se o jogo terminara.

— Por favor, poderia me dizer... — começou, olhando timidamente para a Rainha Vermelha.

— Fale quando lhe falarem! — A Rainha atalhou-a rispidamente.

— Mas se todo mundo obedecesse a essa regra — disse Alice, sempre pronta para uma pequena discussão —, e se você só falasse quando lhe falassem, e a outra pessoa sempre esperasse você começar, veja, ninguém nunca diria nada, de modo que...

— Absurdo! — gritou a Rainha. — Ora, você não entende, criança... Aqui ela fez uma pausa com uma careta e, após pensar um minuto, mudou bruscamente de assunto. — O que quer dizer com "Se sou realmente uma Rainha"? Que direito tem de se chamar assim? Não pode ser uma Rainha até ter passado pelos exames apropriados. E quanto mais cedo começarmos isso, melhor.

— Eu só disse "se"! — defendeu-se a pobre Alice num tom que dava dó.

As duas Rainhas se entreolharam, e a Rainha Vermelha comentou, com um pequeno arrepio:

— Ela diz que só disse 'se'...

— Mas disse muito mais que isso! — resmungou a Rainha Branca, torcendo as mãos. — Oh, tão mais que isso!

— De fato — a Rainha Vermelha disse a Alice. — Fale sempre a verdade... pense antes de falar... e depois escreva o que falou.

— Tenho certeza de que não quis dizer... — Alice ia começando, mas a Rainha Vermelha interrompeu-a com impaciência.

— É exatamente disso que me queixo! Devia ter querido! De que acha que serviria uma criança que não quer dizer nada? Até uma piada tem de querer dizer alguma coisa... e uma criança é mais importante que uma piada, espero. Você não conseguiria negar isso, nem que tentasse com as duas mãos.

— Não nego coisas com minhas mãos — Alice objetou.

— Ninguém disse isso — observou a Rainha Vermelha. — Eu disse que não conseguiria se tentasse.

— Ela está naquele estado de espírito — disse a Rainha Branca —, em que quer negar alguma coisa... só que não sabe o quê!

— Um temperamento desagradável, vicioso — observou a Rainha Vermelha; seguiu-se um silêncio incômodo por um ou dois minutos.

A Rainha Vermelha quebrou o silêncio dizendo à Rainha Branca:

— Eu a convido para o jantar da Alice esta tarde.

A Rainha Branca sorriu de forma boba e disse:

— E eu a convido.

— Não tinha a menor ideia de que haveria um jantar — disse Alice —; mas se vai haver um, acho que eu deveria chamar os convidados.

— Nós lhe demos oportunidade para isso — observou a Rainha Vermelha —; mas estou certa de que você não teve muitas aulas de boas maneiras, não é?

— Boas maneiras não se ensinam em aulas — disse Alice. — Aulas ensinam a fazer contas de somar, e coisas desse tipo.

JOHN TENNIEL

— E sabe adição? — perguntou a Rainha Branca. — Quanto é um mais um mais um mais um mais um mais um mais um mais um mais um mais um?

— Não sei — disse Alice. — Perdi a conta.

— Não sabe adição — a Rainha Vermelha interrompeu. — Sabe fazer subtração? Subtraia nove de oito.

— Nove de oito não posso — Alice respondeu muito rapidamente —; mas...

— Não sabe subtração — disse a Rainha Branca. — Sabe fazer divisão? Divida um pão por uma faca: qual é o resultado disso?

— Suponho...

Alice estava começando, mas a Rainha Vermelha respondeu por ela.

— Pão com manteiga, é claro. Tente outra subtração. Tire um osso de um cachorro; resta o quê?

Alice refletiu. "O osso não restaria, é claro, se o tirei... e o cachorro não restaria: viria me morder... e tenho certeza de que eu não restaria!

— Então acha que não restaria nada? — disse a Rainha Vermelha.

— Acho que essa é a resposta.

— Errada como de costume — disse a Rainha —; restaria a fúria do cachorro.

— Mas não entendo como...

— Ora, olhe aqui! — gritou a Rainha Vermelha. — O cachorro teria um ataque de fúria, não teria?

— Talvez tivesse — respondeu Alice, cautelosa.

— Então se o cachorro desaparecesse, restaria a fúria! — a Rainha exclamou, triunfante.

Com a maior gravidade que pôde, Alice disse:

— Poderiam seguir caminhos diferentes. Mas não pôde deixar de pensar com seus botões: "Que terríveis absurdos estamos dizendo!"

— Ela não sabe nadinha de aritmética! — As Rainhas disseram juntas, com grande ênfase.

— E você sabe? — Alice perguntou, virando-se de repente para a Rainha Branca, pois não gostava de ser tão criticada.

A Rainha respirou fundo e fechou os olhos. — Eu sei adição — disse —, se você me der algum tempo... mas não sei subtrair de forma alguma.

— Naturalmente sabe o ABC? — perguntou a Rainha Vermelha.

— Mas é claro — disse Alice.

— Eu também — sussurrou a Rainha Branca —, costumamos recitá-lo todinho juntas, minha cara. E vou lhe contar um segredo: sei ler palavras de uma letra só! Isso não é impressionante? Mas não desanime, com o tempo você chega lá.

Nesse momento a Rainha Vermelha recomeçou.

— Sabe responder a perguntas úteis? — disse. — De que é feito o pão?

— Isso eu sei! — Alice exclamou, animada. — Pega-se um pouco de farinha...

— Onde se colhe a farinha? — perguntou a Rainha Branca. — Num jardim, ou nas cercas vivas?

— Bem, ela não é colhida — Alice explicou —; é moída...

— De pancada? — disse a Rainha Branca. — Não devia omitir tantas coisas.

— Abane-lhe a cabeça! — interrompeu a Rainha Vermelha que estava um tanto aflita. — Vai ficar com febre depois de tanta reflexão!" Não perderam tempo e a abanaram com tufos de folhas até ela ter de implorar que parassem, tanto que o seu cabelo esvoaçava.

— Agora ela está bem de novo — disse a Rainha Vermelha. — Sabe línguas? Como é *fiddle-de-dee* em francês?

— *Fiddle-de-dee* não é francês — Alice respondeu gravemente.

— Mas quem disse que era? — retrucou a Rainha Vermelha.

Alice achou que dessa vez tinha uma maneira de se safar do aperto.

— Se me disserem de que língua "*fiddle-de-dee*" é, eu lhes direi a palavra em francês para isso! — exclamou triunfante.

Mas a Rainha Vermelha empertigou-se toda e disse:

— Rainhas nunca barganham.

— Gostaria que Rainhas nunca fizessem perguntas — Alice pensou consigo.

— Não vamos discutir — disse a Rainha Branca, aflita. — Qual é a causa do relâmpago?

— A causa do relâmpago — Alice respondeu muito decidida, pois dessa vez se sentia totalmente segura —, é o trovão... não, não! — emendou-se rapidamente. — Quis dizer o contrário.

— É tarde demais para corrigir — disse a Rainha Vermelha —; depois que se diz uma coisa, ela está dita, e você tem de arcar com as consequências.

— Isso me lembra... — disse a Rainha Branca baixando os olhos e apertando e soltando as mãos nervosamente —, que tivemos tal tempestade terça-feira passada... quero dizer, uma da última série de terças-feiras.

Alice ficou pasma. — No nosso país — comentou —, os dias da semana vem um de cada vez.

A Rainha Vermelha disse:

— É uma maneira lastimável de fazer as coisas. Aqui, geralmente os dias e as noites são em dois ou três por vez, e no inverno de vez em quando temos até cinco noites juntas... para aquecer mais, sabe.

— Então cinco noites são mais quentes que uma? — Alice se arriscou a perguntar.

— Cinco vezes mais quentes, é claro.

— Mas deviam ser cinco vezes mais frias, pela mesma regra...

— Precisamente! — exclamou a Rainha Vermelha. — Cinco vezes mais quentes e cinco vezes mais frias... assim como eu sou cinco vezes mais rica que você e cinco vezes mais inteligente!

Alice suspirou e desistiu. "É exatamente como um enigma sem resposta!", pensou.

— Humpty Dumpty viu isso também — a Rainha Branca continuou em voz baixa, mais como se estivesse falando consigo mesma. — Ele veio até a minha porta, com um saca-rolha na mão...

— O que queria? — indagou a Rainha Vermelha.

— Disse que iria entrar — a Rainha Branca continuou —, porque estava procurando um hipopótamo. Ora, acontece que não havia tal coisa na casa, naquela manhã.

— Geralmente há? — Alice perguntou, espantada.

— Bem, só nas quintas-feiras — disse a Rainha.

— Sei por que ele foi — disse Alice —; queria castigar o peixe porque...

Nessa altura a Rainha Branca recomeçou:

— Foi uma tempestade, ninguém poderia imaginar!

— Ela nunca conseguiu, sabe? — disse a Rainha Vermelha. — E parte do telhado desabou, e caíram tantos trovões lá dentro... e ficaram rolando pela sala aos borbotões... e batendo nas mesas e nas coisas... até que fiquei com tanto medo que não conseguia lembrar meu próprio nome!

Alice pensou consigo: "Nunca tentaria lembrar meu nome no meio de um acidente! De que adiantaria?", mas não falou isso, temendo ferir os sentimentos da pobre Rainha.

— Deve desculpá-la, Majestade — a Rainha Vermelha disse a Alice, tomando uma das mãos da Rainha Branca na sua e dando-lhe palmadinhas gentis: — Ela tem boa intenção, mas não consegue deixar de dizer tolices, de modo geral.

A Rainha Branca olhou timidamente para Alice, que sentiu que devia dizer alguma coisa delicada, mas realmente não conseguiu pensar em nada na hora.

— Ela nunca teve realmente uma boa educação — a Rainha Vermelha prosseguiu —, mas tem um bom gênio espantoso! Dê-lhe uns tapinhas na cabeça, e veja como gosta! Mas Alice não tinha coragem para tanto.

— Um pequeno agrado... e prenda seus cabelos em papelotes... isso faz maravilhas com ela...

A Rainha Branca deu um suspiro profundo e pousou a cabeça no ombro de Alice.

— Estou com tanto sono! — gemeu.

— Está cansada, coitadinha! — disse a Rainha Vermelha. — Alise seus cabelos... empreste-lhe sua touca de dormir... e cante a ela uma cantiga de ninar relaxante.

— Não tenho uma touca de dormir comigo — disse Alice, tentando obedecer à primeira instrução —; e não sei nenhuma cantiga de ninar relaxante.

— Nesse caso, eu mesma tenho de fazê-lo — disse a Rainha Vermelha, e começou:

*Dorme, dorme, senhora, sua boa sesta,*
*Há tempo de sobra até a hora da festa.*
*Depois as três Rainhas irão se esbaldar*
*E pela noite adentro alegres bailar!*

— Agora você já sabe a letra — acrescentou, pousando a cabeça no outro ombro de Alice. — Cante-a toda para mim agora. Estou ficando com sono também. E num instante as duas Rainhas estavam dormindo profundamente, e roncando alto.

— O que posso fazer? — exclamou Alice, olhando em volta atônita, quando primeiro uma cabeça redonda, depois a outra rolaram dos seus ombros e se colocaram em seu colo. — Acho que jamais tinha acontecido de alguém ter de tomar conta de duas Rainhas adormecidas ao mesmo tempo! Não, não em toda a História da Inglaterra... não teria sido possível, porque nunca houve mais de uma Rainha ao mesmo tempo. Levantem-se, suas coisas pesadas! — continuou, num tom impaciente; mas só recebeu por resposta um ronco suave.

O ronco tornava-se mais distinto a cada minuto, soando cada vez mais como uma melodia. Por fim ela conseguiu entender até as palavras, e ouviu tão ansiosamente que, quando as duas grandes cabeças sumiram do seu colo, nem notou a ausência delas.

Estava parada diante de uma porta, sobre a qual se liam as palavras RAINHA ALICE em letras grandes, e de cada lado do arco havia

uma campainha; numa estava escrito “Campainha das Visitas”; e na outra, “Campainha dos Criados”.

— Vou esperar que a canção termine — pensou Alice —, e depois tocar a... que campainha devo tocar? — continuou, muito confusa com os nomes. — Não sou uma visita, e não sou uma criada. Deveria haver uma com a inscrição “Rainha”...

Nesse exato momento a porta se abriu um pouquinho; uma criatura com um bico comprido pôs a cabeça de fora, por um instante, e disse:

— Não se pode entrar até a semana após a próxima! — E fechou novamente a porta, com estrondo.

Alice bateu e tocou em vão por um longo tempo, mas finalmente um sapo muito velho, que estava sentado sob uma árvore, levantou-se e veio na sua direção: usava uma roupa de um amarelo vivo e calçava botas enormes.

— Qual é o problema agora? — perguntou o sapo num sussurro rouco e cavernoso.

Alice virou-se, pronta para criticar meio mundo:

— Onde está o criado cuja obrigação é atender à porta? — começou, zangada.

— Que porta? — perguntou o sapo.

Alice se irritou com a voz arrastada dele:

— Esta porta, é claro!

O sapo contemplou a porta com seus olhos grandes e lerdos por um minuto, depois chegou mais perto e esfregou-a com o polegar, como se estivesse testando a qualidade da tinta; depois olhou para Alice.

— Atender à porta? — disse. — Ela vem pedindo o quê? Era tão rouco que Alice mal podia ouvi-lo.

— Não sei o que quer dizer — falou.

— Eu falar sua língua, não falar? — o sapo continuou. — Ou você é surda? O que a porta lhe pediu?

— Nada! — disse Alice, impaciente. — Andei batendo nela!

— Não devia ter feito isso... não devia... — murmurou o sapo. — Ela se irrita, sabe. — Adiantou-se, então, e deu um chute na porta com um de seus grandes pés.

— Deixe-a em paz — disse ofegante, enquanto coxeava de volta para sua árvore —, e ela deixará você em paz.

Nesse instante a porta se abriu com violência e ouviu-se uma voz estridente cantando:

*Ao mundo do Espelho Alice então proclamou:*
*"Coroa na cabeça e cetro na mão, agora convido*
*todas as criaturas que o Espelho jamais espelhou*
*a cear com a Rainha Vermelha, a Branca, e comigo!"*

*E centenas de vozes se uniram no refrão:*
*"Encham pois suas taças, duas se preciso for,*
*salpiquem a mesa toda com flores a desabrochar,*
*ponham gatos no café, camundongos no licor,*
*e trinta vezes três vivas à Rainha Alice vamos dar!*

Seguiu-se um alarido de congratulações, e Alice pensou: "Trinta vezes três são noventa. Será que alguém está contando?" Um minuto depois, fez-se silêncio novamente, e a mesma voz aguda cantou outra estrofe:

*"Ó criaturas do Espelho", Alice chama, "venham cá!*
*É uma honra, uma graça que a sorte lhes concedeu,*
*este privilégio ímpar de jantar e tomar chá*
*com a Rainha Vermelha, a Branca... e eu!"*

Então o coro recomeçou:

*De melado, tinta e grude encham todos os copos*
*Ou de qualquer outra delícia que lhes agradar,*
*À cidra misturem areia, farofa ou lã em flocos,*
*E noventa vezes nove vivas à Rainha Alice vamos dar!*

— Noventa vezes nove! — Alice repetiu, desalentada. — Oh, isso não vai acabar nunca! Eu devia entrar logo. E fez-se um silêncio pesado no instante em que ela apareceu.

Alice deu uma olhada nervosamente para a mesa, enquanto penetrava no grande salão, e percebeu que havia cerca de cinquenta convidados, de todos os tipos: alguns eram animais, outros aves, e havia até algumas flores entre eles. "Fico contente que tenham vindo sem esperar convite", pensou. "Eu nunca saberia quais eram as pessoas certas a convidar!"

Havia três cadeiras na cabeceira da mesa; as Rainhas Vermelha e Branca já ocupavam duas delas, mas a do meio estava vazia. Alice sentou-se ali, bastante contrafeita com o silêncio, e ansiosa para que alguém falasse.

Por fim, a Rainha Vermelha começou.

— Perdeu a sopa e o peixe — disse. — Sirvam o assado! E os garçons puseram uma perna de carneiro diante de Alice, que a contemplou bastante aflita, pois nunca tivera de trinchar uma perna de carneiro antes.

— Parece um pouquinho confusa; permita-me apresentar esta perna de carneiro — disse a Rainha Vermelha. — Alice... Carneiro; Carneiro... Alice. A perna de carneiro se levantou no prato e fez uma pequena mesura para Alice, que a retribuiu, sem saber se ficava com medo ou achava graça.

— Posso servir-lhes uma fatia? — perguntou, pegando a faca e o garfo e olhando de uma Rainha para a outra.

— É claro que não — respondeu a Rainha Vermelha, peremptória. — Fere a etiqueta cortar alguém a quem você foi apresentada. Levem o assado! E os garçons o levaram e trouxeram um grande pudim de passas no lugar.

— Não quero ser apresentada ao pudim, por favor — Alice se apressou a dizer —, ou não vamos ter nada para jantar. Posso servir um pouco?

Mas a Rainha Vermelha pareceu aborrecida e resmungou:

— Pudim... Alice; Alice... Pudim. Levem o pudim! — e os garçons retiraram tão depressa que Alice não pôde retribuir a mesura.

Seja como for, não entendia por que a Rainha Vermelha devia ser a única a dar ordens, e assim, para fazer um teste, chamou "Garçom! Traga o pudim de volta!", e, num segundo lá estava ele de novo, como num passe de mágica. Era tão grande que não pôde deixar de se sentir um pouco embaraçada com ele, como havia ficado com o carneiro. Contudo, venceu seu embaraço e, com grande esforço, cortou uma fatia e a serviu à Rainha Vermelha.

— Que impertinência! — disse o Pudim. — Será que gostaria se eu cortasse uma fatia de você, sua criatura?

Falava com uma voz grossa, untuosa, e Alice não teve o que dizer em resposta. Só conseguiu ficar imóvel e olhar para ele boquiaberta.

— Faça um comentário! — disse a Rainha Vermelha. — É absurdo deixar toda a conversa nas mãos do pudim!

— Sabe, recitaram-me tanta poesia hoje — Alice começou, um pouco amedrontada ao constatar que, no instante em que abrira os lábios, fizera-se silêncio absoluto, e todos os olhos haviam se fixado nela —, e é uma coisa muito curiosa, acho... todos os poemas falavam sobre peixes de algum modo. Sabe por que gostam tanto de peixes por aqui?

Dirigiu-se à Rainha Vermelha, cuja resposta fugiu um pouco à questão.

— Quanto aos peixes — disse ela, de maneira muito lenta e solene, pondo a boca junto ao ouvido de Alice —, Sua Majestade Branca sabe uma linda adivinhação... toda em versos.

— Sua Majestade Vermelha é muito gentil ao mencionar isso — a Rainha Branca murmurou no outro ouvido de Alice, numa voz que parecia o arrulho de um pombo. — Seria um prazer tão grande! Posso?

— Por favor — disse Alice, muito polidamente.

A Rainha Branca riu encantada e deu um tapinha na bochecha de Alice. Em seguida começou:

*"Primeiro é preciso o peixe pescar."*
*É fácil: até um bebê, acho, poderia apanhá-lo.*
*"Depois é preciso o peixe comprar."*
*É fácil: um centavo, acho, poderia comprá-lo.*
*"Agora, trate de o peixe cozinhar!"*
*É fácil, e só vai levar dois instantes.*
*"Ponha-o numa travessa circular!"*
*É fácil, porque lá já estava antes.*
*"Traga-o cá, deixe-me provar!"*
*É fácil pôr tal prato sobre a mesa.*

*"Queira o prato destapar!"*
*Ah, não sou capaz de tamanha proeza!*
*Porque como cola a tampa ele segura:*
*Está agarrada ao prato, não quer se desentalar.*
*Qual seria a tarefa menos dura,*
*Destampar o peixe ou o enigma decifrar?*

— Pense um minuto, depois tente adivinhar — disse a Rainha Vermelha. — Enquanto isso, vamos beber à sua saúde... à saúde da Rainha Alice! — gritou a plenos pulmões, e todos os convidados começaram a beber imediatamente, e de maneira muito esquisita: alguns punham os copos sobre as cabeças como apagadores de velas, e bebiam tudo que lhes escorria pelo rosto... outros embarcavam as garrafas e tomavam o vinho que escorria pelas beiradas da mesa... e três deles (que pareciam cangurus) passaram a mão no prato de carneiro assado e começaram a lamber avidamente o molho, "exatamente como porcos num cocho!", pensou Alice!

— Deve agradecer os cumprimentos com um discurso caprichado — disse a Rainha Vermelha, franzindo o cenho para Alice.

— Temos de apoiá-la, a Rainha Branca cochichou quando Alice se levantava para fazê-lo, muito obedientemente, mas um pouco amedrontada.

— Muito obrigada — ela sussurrou de volta —, mas posso me sair muito bem sem isso.

— Isso não seria o correto em absoluto — disse a Rainha Vermelha, muito categoricamente. Assim, Alice tentou se submeter àquilo de bom grado.

("E elas empurraram tanto!" Ela disse mais tarde, quando contava para a irmã a história do banquete. "Parecia que queriam me achatar!")

De fato, foi bastante difícil para Alice se manter em seu lugar enquanto fazia seu discurso: as duas Rainhas a empurravam tanto, uma de cada lado, que quase a fizeram subir pelos ares.

— Ergo-me para agradecer... — Alice começou — e realmente se ergueu enquanto falava, vários centímetros, mas se segurou na beirada da mesa e conseguiu se puxar para baixo de novo.

— Tome muito cuidado! — berrou a Rainha Branca, agarrando o cabelo de Alice com ambas as mãos. — Alguma coisa vai acontecer!

Então (como Alice descreveu mais tarde) todo tipo de coisa aconteceu ao mesmo tempo. As velas cresceram todas até o teto, parecendo um canteiro de juncos com fogos de artifício na ponta. Quanto às garrafas, cada uma se apossou de um par de pratos, ajeitando-os rapidamente como se fossem asas, e assim, usando garfos como pernas, saíram esvoaçando para todo lado — "e se pareciam muito com pássaros", Alice pensou consigo mesma, tanto quanto isso era possível na terrível confusão que se estava armando.

Nesse momento ela ouviu uma risada rouca ao seu lado e virou-se para ver o que estava se passando com a Rainha Branca; mas em vez da Rainha Branca viu a perna de carneiro sentada na cadeira. — Aqui estou! — gritou uma voz da terrina de sopa, e Alice se virou de novo a tempo só de ver o rosto largo e bonachão da Rainha sorrindo para ela por um segundo sobre a borda da terrina, antes que ela desaparecesse na sopa.

Não havia um minuto a perder. Vários convidados já estavam estendidos nos pratos, e a concha da sopa estava caminhando pela mesa em direção à cadeira de Alice, acenando-lhe impacientemente para que saísse do seu caminho.

— Não posso mais suportar isto! — ela gritou, dando um pulo e agarrando a toalha da mesa com as duas mãos: um bom puxão, e

travessas, pratos, convidados e velas vieram abaixo num estrondo e se amontoaram no chão.

— Quanto a você — ela prosseguiu, virando-se enfurecida para a Rainha Vermelha, a quem considerava a causa de todo aquele transtorno — mas a Rainha já não estava ao seu lado: reduzira-se subitamente ao tamanho de uma bonequinha, e agora estava sobre a mesa, correndo alegremente em voltas e mais voltas à procura do seu xale, que se arrastava atrás dela.

Em qualquer outra ocasião Alice teria ficado surpresa com isso, mas agora estava alvoroçada demais para se surpreender com qualquer coisa. — Quanto a você — repetiu, agarrando a criaturinha como se saltasse sobre uma garrafa que acabara de aparecer sobre a mesa —, vou sacudi-la até que vire uma gatinha, ah, se vou!

# CAPÍTULO 10

## SACUDIDA

JOHN TENNIEL

Arrancou-a da mesa e sacudiu-a para trás e para a frente com toda a força.

A Rainha Vermelha não ofereceu nenhuma resistência; só seu rosto foi ficando muito pequeno, e os olhos ficando grandes e verdes, e cada vez mais, enquanto Alice continuava a sacudi-la, ia ficando menor... e mais gordinha... e mais macia... e mais redonda... e...

# CAPÍTULO 11

## DESPERTAR

JOHN TENNIEL

...e afinal de contas era mesmo uma gatinha.

# CAPÍTULO 12

QUEM SONHOU?

JOHN TENNIEL

ossa vermelha majestade não devia ronronar tão alto — disse Alice, esfregando os olhos e dirigindo-se à gatinha de maneira respeitosa, mas com certa severidade. — Você me acordou de um... oh, um sonho tão lindo! E esteve junto comigo, Gatinha... por todo o mundo do Espelho. Sabia disso, querida?

Os gatinhos têm o hábito muito inconveniente (Alice comentou uma vez) de sempre ronronar, seja o que for que se diga.

— Se pelo menos só ronronassem para dizer "sim" e miassem para dizer "não", ou alguma regra desse gênero — ela disse —, seria possível manter uma conversa! Mas como se pode conversar com alguém que diz sempre a mesma coisa?

Nessa ocasião a gatinha só ronronava, e era impossível saber se isso significava "sim" ou "não".

Em seguida Alice procurou entre as peças de xadrez sobre a mesa até encontrar a Rainha Vermelha. Então ajoelhou-se no tapete junto à lareira, e pôs a gatinha e a Rainha face a face.

— Agora, Gatinha! — exclamou triunfante, batendo palmas: — Confesse que foi nela que você se transformou!

("Mas ela não olhava para a Rainha", disse, quando estava explicando a história, mais tarde, para sua irmã; "virara a cabeça para outro lado, fingindo que não a via: mas pareceu um pouco envergonhada, de modo que acho que ela deve ter sido a Rainha Vermelha.")

— Aprume-se um pouco mais, querida! — Alice exclamou com uma risada alegre. — E faça uma reverência enquanto pensa no que... no que ronronar. Isso poupa tempo, lembre-se! E levantou a gatinha e deu-lhe um beijinho. Só em honra ao fato de ter sido uma Rainha Vermelha.

— Gota de Neve, minha bichinha! — continuou, olhando por sobre o ombro para a gatinha branca, que ainda estava se submetendo pacientemente à sua toalete —, quando será que a Dinah vai terminar o banho de Vossa Branca Majestade? Devia haver alguma razão para você estar tão desmazelada no meu sonho... Dinah! Sabe que está esfregando uma Rainha Branca? Realmente, que falta de respeito da sua parte!

— E que será que a Dinah virou? — Ela ia tagarelando, espichando-se confortavelmente no chão, um cotovelo no tapete e o queixo na mão, para observar os gatinhos. — Diga-me, Dinah, você virou Humpty Dumpty? Acho que sim... mas não deve mencionar isso com seus amigos por enquanto, porque não tenho certeza.

— A propósito, Gatinha, se você tivesse estado realmente comigo no meu sonho, de uma coisa teria gostado muito: recitaram para mim uma quantidade tão grande de poesia, todas sobre peixes! Amanhã de manhã você vai ter um verdadeiro regalo. Durante todo o tempo em que estiver tomando seu café da manhã, vou recitar "A Morsa e o Carpinteiro"; assim você poderá fazer de conta que está comendo ostras, querida!

— Agora, Gatinha, vamos pensar bem quem foi que sonhou tudo isso. É uma questão séria, minha querida, e você não devia ficar lambendo a pata desse jeito. Como se a Dinah não tivesse lhe dado banho esta manhã! Veja bem, Gatinha. Fui eu ou foi o Rei Vermelho. Ele fez parte do meu sonho, é claro, mas nesse caso eu fiz parte do sonho dele também! Terá sido o Rei Vermelho, Gatinha? Você era a mulher dele, minha cara, portanto deveria saber... Oh, Gatinha, me ajude a resolver isto! Tenho certeza de que sua pata pode esperar!

Mas a implicante gatinha só fez começar com a outra pata, fingindo não ter ouvido a pergunta.

E você, leitor, quem acha que foi?

FIM

# Alice através do Espelho

CONFIRA NOSSOS
LANÇAMENTOS AQUI!